"성실하고 정직한 인간은 언제나 불가능한 것을 가능한 것으로 만들기 위해 싸운다. 인간의 모든 예술적 노력은 그런 싸움의 기록이다. 혼돈의 영역을 언어로써 조금씩조금씩 인간적 질서의 영역에 편입시키는 작업이야말로, 정직하게 세계를 이해하고 관철하려는 모든 의식인의 공통된 목표이다."

〈진도 출신 문학평론가 김현, '자유와 꿈' 20쪽).

르포작가 문일석

'JMS 정명석 사건' 추적기追跡記

"나는
정명석을
만나러 간다"

대양미디어

프롤로그

전쟁 중에는 덫(트랩=trap)이 사용된다. 나는 월남의 호치민 시에서 25㎞쯤 떨어진 곳에 위치한 구찌 마을을 가봤었다. 이 구찌 마을은 시골 마을이다. 지하에 총 250㎞에 달하는 전투용 땅굴이 설치돼 있었다. 이곳은 북쪽 베트남 지역이다. 월남전 당시 전략의 요충지였다. 미군은 이 지역에서 많은 사상자를 냈다. 함정, 함정 속의 덫(트랩=trap) 때문이었다. 그래서 미군은 전투기로 이 지역을 상대로 무차별 폭격을 가했다.

월맹군들은 이 땅굴 근처의 요소요소에 함정을 만들었다. 그리고 그 함정 아래쪽에 덫(트랩=trap)을 설치했다. 함정의 아래에는 뾰족하고 예리한 철제 송곳(송곳의 끝이 위를 향하도록 해왔다.)을, 수를 헤아릴 수 없이 촘촘하게 박아 놓았다. 적군이 그 함정에 빠지면, 떨어지는 순간, 순식간에 쇠꼬챙이에 찔리게 된다. 덫(트랩=trap)의 주변은 소똥과 소 오줌을 부어 푹 썩도록 해 놨다. 이 함정에 빠지는 순간, 쇠못에 찔리게 되고, 부패한 소의 오줌, 똥물이 사람의 상처에 스며들게 되어, 신음하면서 사망하게 된다. 일종의 지독한 부비트랩(boobytrap=함정 등의 장치로 사람을 사살하거나 상처를 입혀 무력화하기 위한 간단한 덫이나 장치류)이다.

어느 날 갑자기, 정명석이 1만여 명이 여성을 성폭행(준강간)했다는 유의 기사가 세상에 풍미했다. 나는 올해로 50년째 기자 생활을 해오고 있는 사람이다. 문명 시대에 그런, 쇼킹한 뉴스를 접한 순간 "과연 그럴까?"라는 의심이, 확 떠올랐다. 천둥 번개처럼. 그때부터 나의 뇌리에선 '정명석은 덫(트랩=trap)에 빠진 게 아닐까?'라는, 기자로서의 상상이 떠나질 않았다. 구찌 땅굴의 함정, 그 속의 덫(트랩=trap)이 연상됐다. 그래서 이 글을 써야 한다고 결론을 내렸다.

소위 월남전 때, 베트콩들이 파놓았던 함정과 그 함정 아래를 점하고 있던 덫(트랩=trap), 그 덫(트랩=trap) 같은 것에 정명석이 빠져, 허우적거리고 있는 게 아닐까? 나의 고된, 글쓰기 작업이 시작된 촉발점이다. 실명 소설이라 명하든, 또는 기자가 취재한 현장 기록이라 하든, 나의 글쓰기 작업은 이런 계기에서 시작됐다.

나는 왜 이 글을 썼을까? 이 기록은 정명석, 한 사람에게 과도하게 치우친, 또는 내용이 다소 반복되는 기록들(그렇다고 나를 비난하지는 마시라. 사건이 얽혀있고, 왜곡-과장되어 있으니 어찌할 수 없다)일 수도 있다. 하지만, 한 개인에 대한 언론의 과장-왜곡 보도가 얼마나 큰 파장을 일으키는지의, 실증적, 또는 사실적인 기록으로 이해해주면 좋겠다.

그리하여, "나는 정명석을 만나러 간다" 이것은 기자인 '나의 운명(運命)'이다. 이후, 언론과 관계되어 이 스토리와 비슷한 사건이 일어나지 말라는 법은 없다. 그러하니 언론을 조심하시라! '불가근불가원(不可近不可遠)'이다. 가까이하지도, 멀리하지도 마시라! 가까이 가면 타 죽게 되고, 멀리 가면 얼어 죽게 된다.

끝으로, 나의 기자 생활 때 쓴 이름이 두 개 있다. '문일석'은 본명(本名)이고, 필명은 '박정대'이다. '박정대'라는 내 필명의 뜻은 "빡쎄게, 공명정대하게 살자"라는 준말이다. 이게, 내 필명(筆名)이다. 하하하…

| 차례 |

프롤로그 · 5

제1장 세상이 뒤숭숭한 말세 분위기에서 정명석 출현

· 사라진 칼갈이꾼 – 이런 시기에 나타난 정명석 · 13

· 세상이 뒤숭숭한 말세 분위기에서 정명석 출현 · 16

· 기독교복음선교회 '정명석 선생'은 누구일까? · 21

· 정명석의 월명동 자연성전은 세계에 하나뿐인 교회 · 26

· 종교가 다르다는 이유로 사람이 죽어 나가는 야만은
  사라져야 · 32

제2장 전쟁터에서 살아나와 평화와 예수의 사랑을 말하는 정명석

· 무시무시한 기사 "JMS(정명석)가 여성 1만 명과 성관계?" · 41

· '나'라도 대차게 나와야 한다… 그 이유는? · 50

· 전쟁터에서 살아나와 평화와 예수의 사랑을 말하는
  정명석 · 62

· 1만 명을 성폭행(强姦)했다고? '풀 뜯는 소도 웃을 일…' · 68

제3장 강간당한 1만 명의 명단이 공개된다면?

· 내 눈에 들어온 '빛나는 세상' · 75

· 강간당한 1만 명의 명단이 공개된다면? · 81

· 여성 성폭행 1만 명이라는 숫자는? '미확인된 허수(虛數)' · 85

· 나는 '게릴라(guerrilla)'… "결코 지지 않는다!" · 91

제4장 언론은 정명석 관련 보도에서 차분해져야

· 재판이란, 피고와 원고가 벌이는 진실 싸움 · 97

· 언론은 정명석 관련 보도에서 차분해져야 · 103

· 기독교복음선교회 평화시위로 교세 과시 · 111

· 교인들의 장외 투쟁 참가인원 계속해서 늘어나 · 115

· 평화시위의 요구사항 '재판, 여론 아닌 증거재판주의로
  가야' · 119

· '담당 판사 기피신청'…재판부, 수용하지 않았다! · 122

제5장 평화시위에 5만 명이 모였다!…교세 한껏 과시!

· 시청 앞에 모여, 신앙의 스승 '정명석 목사의 진실과 삶'
  조명 · 133

· 평화시위에 5만 명이 모였다!···교세 한껏 과시! · 137

· '1만 명 성폭행(強姦) 사건'···"무죄추정의 원칙이 답(答)" · 145

· 교인들이 증언하는 정명석···"정명석 목사는 죄가

　없어요!" · 150

제6장 JMS 1만 명 교인들···월명동에서 평화시위

· 일산 JMS 교회 소속 장혜경 교인 '정명석 목사 무고함'

　호소 · 157

· JMS 1만 명 교인들···월명동에서 평화시위 · 168

· 대전지법 "JMS 여목사 3명 구속영장 기각···증거인멸

　염려 없다" · 175

제7장 정명석과 그 교단은 들씌워진 덫(트랩=trap)을 파괴하라!

· 새 종교 지도자를 국익 전도사로 향도(嚮導)해야 · 181

· 정명석과 그 교단은 들씌워진 덫(트랩=trap)을 파괴하라! · 187

· 충청도의 한계, 안타깝도다! · 191

· 월남전에 함께 참전했던 전우(戰友)의 증언 · 193

· 참전용사들을 대통령은 못 시킬망정··· · 198

에필로그 기독교복음선교회(JMS)-정명석 목사는 글로벌 자유체제의

　안정세력 · 199

제 1 장

세상이 뒤숭숭한
말세 분위기에서 정명석 출현

사라진 칼갈이꾼-이런 시기에 나타난 정명석

세상이 뒤숭숭한 말세 분위기에서 정명석 출현

기독교복음선교회 '정명석 선생'은 누구일까?

정명석의 월명동 자연성전은 세계에 하나뿐인 교회

종교가 다르다는 이유로 사람이 죽어 나가는 야만은 사라져야

사라진 칼갈이꾼 –
이런 시기에 나타난 정명석

　박정희 전 대통령이 암살당했던 1979년 전후 시기는 말세였을까? 대통령이 죽고 신군부가 나타났다. 전두환 장군 일당이 그해 12·12 군사 쿠데타를 일으켰다. 그리고 그다음 해인 1980년 5·18 광주민주화운동이 일어났다. 중무장한 군부에 의해 광주 시민들이 무차별 학살당했다.

　나는 그런 세상을, 기자로 지냈다.

　내가 평생 칼을 갈아 먹고 사는 칼갈이꾼을 만난 것은 우연이었다. 또한, 기자인 나는 1979년 10월 28일, 대낮부터 서울 종로 피맛골 골목, 그 골목 안의 단골집에서 독한 소주를 마시고 있었다. 그럴 수밖에 없는 사회-정치적인 분위기 때문이었다.

10월, 공기가 맑은 초가을. 가게의 라디오에선 장송곡이 울려 나왔다. 10·26. 김재규 중앙정보부장이 쏜 총에 박정희가 절명, 이를 애도하고 있었다.

이때, 잘 다듬어진 목소리로 "칼 갈아 유~"라고 외치는 소리가 들려왔다. 마침, 그 식당으로 칼갈이꾼이 들어왔다.

"칼 갈려는 사람도 없는데 나하고 소주나 마셔요~"

"그럽시다."

"칼, 몇 년이나 갈았어요?"

"18년 갈았습죠. 그런데 오늘 마지막입니다. 이 일, 때려 치려고요."

"왜요?"

"난 서울의 이 동네, 저 동네 다니며 칼만 갈았소."

"칼갈이가 직업이니 당연하잖소~"

"그러하겠죠~"

"식당에서 사용하는 칼, 회칼, 부엌칼… 수없이 갈았어요. 사람을 쑤시는 깡패들의 칼도 갈아봤죠. 장군들의 칼도 갈아봤어요. 내 평생소원은 박정희를 찔러 죽이려는 자객의 칼을 갈아보는 것이었소. 아직까지 그 자객을 만나 보지도 못하고, 이제 그 기회를 놓쳤어요. 2일 전, 김재규가 총으로 박정희를 쏴 죽였으니, 내 할 일이 없어진 거요~ 원통하오~ 원통하오~"

김재규는 그 칼갈이의 소원을 빼앗아간, 현직 중앙정보부장이었다. 그날 이후로 피맛골에는 "칼 갈아유~"라고 외치는 칼갈이꾼의 외침소리가 사라졌다. 그렇게, 박정희 군사 독재 18년이 총 몇 발로 끝났다.

그 칼갈이꾼은 총이 아닌, 칼로 박정희를 죽이려는 자객의 칼을 갈아보지도 못한 채, 18년 칼갈이 인생을 접어야만 했다.

죽여야 하는 대상이 칼이 아닌, 총에 맞아 죽었기 때문이다. 왜 그가 박정희를 죽이려는 자객의 칼을 갈아주려고 했는지? 그 이유는 아무도 몰랐다, 기자인 나도 몰랐다.

결론은? 칼이 총을 이길 때도 있었지만, 10·26 그날은 분명코 "총이 칼을 이겼다"는 사실이다.

그해, 박정희 뒤를 따라서 18년 칼갈이꾼도 사라졌다. 피맛골 골목의 "칼 갈아유~" 소리도 그때 사라졌다. 역사는 그렇게 발전해나갔다.

18년, 칼갈이꾼이 자객에게 갈아준 칼이라면, 아마 그 칼의 날은 서슬 퍼렇게 날이 서 있었을 것이다. 만약, 그 칼이 박정희의 목에 닿는 순간이 왔다면, 그 순간, 박정희의 목은 '댕강' 하고 더러운 땅바닥에 떨어졌을 것이다. 그해, 총이 칼을 이겼다!

세상이 뒤숭숭한 말세 분위기에서
정명석 출현

    이런 말세 분위기, 세상이 뒤숭숭했다. 인쇄소에서 일하던 친구인 이기현이 말을 걸어왔다.

    "서울시 서대문구 어디에 젊은 영 능력자(靈 能力者)가 나타났다는데, 같이 가 보자~"

    "어떤 사람인데, 그래."

    "월남전에 두 번이나 참전했다가 살아온, 정명석이라는 용감한 사병 출신이라는데, 그의 개신교 부흥회에 사람들이 많이 몰린대…."

    나는 친구의 권유로, 정명석을 만나러 나섰다. 작은 건물 안에 사람들이 옹기종기 모여 정명석의 설교를 듣고 있었다. 성경

구절을 열거하면서, 말세 시대에 새로운 메시아가 한국에 온다는 것을 주장하고 있었다. 이게 나와 정명석의 첫 만남이다. 단지, 부흥회 강연을 들었을 뿐이다. 이후, 이 일은 곧 잊혀졌다. 더 이상의 진전이 없었다.

정명석의 말대로 말세(末世). 그 시대의 분위기가 말세인 듯도 했다.

이 시기, 1979년에 10·26 사건이 일어났다. 10·26 사건이란 현직 중앙정보부장이 박정희 당시 대통령을 암살한 사건을 말한다. 필자는 김재규 중앙정보부장의 친동생과 여러 차례 단독 인터뷰를 가졌었다. 김재규 중앙정보부장은 부마항쟁 과정인 지난 1979년 10·26 때 박정희 당시 대통령을 살해했다. 그는 군법에 회부되어 1980년 광주민주화운동 과정에 사형(1980년 5월 24일 사형)됐다.

김재규는 '육군 18대 3군단장-15대 6사단장'을 지낸 군 출신. 박정희 전 대통령 살해혐의로 사형됐다. 나는 김재규 장군의 친동생 김항규 씨와 지난 1995년 10월 6일, 1995년 11월 12일, 2차에 걸쳐 인터뷰를 가졌다. 김항규 씨는 작고(1997년 5월 30일 작고)하기 전 밝히지 못했거나 본인이 생각해온 10·26관을 최후로 토로했었다. 나와 김항규 씨 간의 대화가 오갔다.

"육군교도소에서 마지막 면회를 한 것으로 알고 있다. 그때

김 중정부장은 어떤 유언을 남겼는가?"

"1980년 5월 24일 사형을 당했다. 그런데 하루 전, 나는 온 가족을 데리고 형님의 면회를 갔다. 형님이 아이들의 손을 붙들고 '큰아버지는 세상에 부끄러운 일을 절대 하지 않았다. 나의 최후진술을 자자손손 전해 다오. 그 속에 나의 진실이 있다'고 말했다. 형님은 이 말을 마치고 난 후 나에게 '이제야 마음이 편안하다'고 속마음을 털어놓았다. 나는 사형집행이 임박했음을 직감할 수 있었다."

"그런 대화가 오간 다음에 어떤 일이 있었는지를 소개해 줄 수 있는가?"

"나는 형님과의 이별을 위해 이별가를 불렀다. 일본노래 나니와시(浪花節)였다. '내 눈을 보라/ 아무 말도 하지 말라/ 사내들끼리의 뱃속 아니냐/ 한 사람쯤 나 같은 바보가 없으면/ 이 세상에 아무도 눈을 뜨지 못한다'는 가사로 되어 있는 노래이다. 내가 부른 이별가를 듣던 형님은 뱃속에서 우러나오는 소리로 '음'이라고 응답했다. 그리고 형님은 내 귀에다 대고 '항규야, 나 내일 영원히 이별한다. 너만 알고 있어라'고 말한 뒤 내 등짝을 있는 힘을 다해서 때렸다. 이것이 형님과의 마지막 이별의 순간이었다."

나는 그와 가진 인터뷰 가운데 잊을 수 없는 것이 있다. "한 사람쯤 나 같은 바보가 없으면…"이란, 김재규의 유언에 해당하는 말이었다.

한 사람쯤? 박정희를 죽인 이는 칼갈이꾼이 갈아준 칼을 가진 사람이 아니었다. 자기 자신을 '한 사람의 바보'라고 지칭했던 김재규였다. 역사적인 일은 오직 한 사람이 했다. 서울역-광화문 일대에서 치열하게 반정부 시위를 하던 수많은 사람이 아니었다. 그 한 사람은 사형에 처해졌다.

박정희가 살해된 10·26 전후. 그때 박정희는 한 사람에게 즉결 처형을 당했다. 그러하니, 말세의 분위기였다. 이때 정명석이 성경 신약에 나오는 선지자처럼 나타났다. 또 다른 한 사람이 나타났다. 적어도, 나는 그렇다고 생각했다.

나는 기자로서, 박정희의 싸늘한 주검을 처음으로 지켜본 장군을 만났다. 박정희 암살의 전초전은 부마항쟁이었다. 부마항쟁은 제어하기 힘든 민란(民亂)의 수준이라는 말들이 나돌았다. 부마항쟁=부마 민주항쟁이란 1979년 10월에 일어났던, 부산 및 마산 지역을 중심으로 벌어진 박정희의 유신독재에 반대한 시위사건이었다. 이 와중에 박정희가 암살당했다. 나는 박정희의 사망을 처음으로 확인한 국군서울지구병원 병원장이었던 김병수 장군을 만났다.

김병수 장군은 "유가족들의 반대로 박정희 머리에 박힌 총알을 빼지 않고 국립묘지에 안장했다"고 말했다. 머리통 속에, 아직도 박혀있을 총알의 의미는 과연 무엇인가? 종교에서 말하는 '말세(末世)'라고 읽혀지는 험난한 세월이 그렇게 흘러갔다. 당시 나는 한 사람의 무거운 무게감을 느끼게 됐다. 박정희도 한 사람이었고, 김재규도 한 사람이었다. 전두환도 한 사람이었다. 정명석도 한 사람이다. 세상의 모든 사람은 종국(終局)엔 자기 한 사람에게로 귀착된다.

구(舊)군부의 처참한 몰락과 동시에 신(新)군부가 무섭게 나타났다. 한국 사회의 대변동기였다.

기독교복음선교회
'정명석 선생'은 누구일까?

혼란스러운 말세 시대, 이런 시기에 세상을 구할, 새로운 인물이 나오는 것일까? 주간종교 신문사의 기자였던 내가 부흥회에서 처음으로 얼굴을 보았던 기독교복음선교회의 정명석 목사는 과연 어떤 인물일까? 어느 사전은 "1978년 대한민국의 정명석이 창설한 기독교 계열 사이비 종교"라고 칭하고 있었는데.

기독교복음선교회는 공식 홈페이지를 통해 '정명석 선생(이 교단의 호칭)'이 누구인지를 소개하고 있다. 전문 인용한다.

「1945년 3월 16일 새벽, 충남 금산의 월명동에서 6남 1녀 중 3남으로 태어났다. 11세부터 성자 주님의 음성을 듣기 시작했다. 지독한 가난으로 삶의 의미를 찾으며 15세부터 집 근처 채광굴에서 기도했다. 주경야독으로 낮에는 부모님을 도와 농사일을, 밤에는 성경을 읽으며 기도했다. 오랜 기도 끝에 드디어 주님을 만났다. 열렬한 사랑에 빠졌다.

1966년 입대 후 두 차례 베트남전에 자원으로 참전했다. 죽음의 전쟁터 속에서 생명의 가치를 절절히 깨달았다. 적을 향해 단 한 번의 총도 쏘지 않았다. 그들도 부모 형제가 애가 타게 기다리는 귀한 생명이었다. 생포해서 기도도 해주었다. 38개월의 군 복무를 마치고 훈장을 받았다. 참전으로 받은 포상금은, 고향 땅 석막교회를 건축하는 데 모두 바쳤다. 군 전역 후에는 더욱 기도와 전도 생활에 전력했다. 성자와 함께 천국과 지옥, 영의 세계를 다녔다. 영혼의 가치를 깨달았다.

금산과 진산, 대전, 전주, 서울 등을 돌며 거지들을 찾아 봉사하고 아픈 사람들에게 기도해주며 전도했다. 때로는 차비가 없어 수십 리를 걸어 다녔다. 근본의 말씀을 깨닫기 위해 40일 금식하고 70일을 절식하며 몸부림으로 기도했다. 하나님의 슬픈 한과 심정을 깨닫고 수십 일을 울었다. 한여름 대둔산으로 올라 기도를 시작하면, 한겨울 눈사람이 되기까지 기도했다. "선생의 선생을 가르치는 선생이 되어라"는 음성을 들었다.

배고프고 고되고 힘든 시간이기도 했다. 하산해서 방황할 때도 있었다. 그때 성자 주님이 나타나 이별을 만류했다. 회심의 눈물을 흘리며 다시 산에 올랐다. 1년에 만 명도 넘게 전도하여 교회로 보냈다. 천 번 이상 읽은 여러 권의 성경들이 너덜너덜 해졌다.

1975년 주님으로부터 사명을 받았다. 충격으로 수십 일을 말을 못 했다. 그로부터 3년, 성자로부터 배웠던 모든 말씀을 글과 그림으로 정리했다. 1978년 5월 말, 주님이 때가 되었다고 하셨다. 고향을 떠나기 직전에 어머니께 축복의 기도를 받았다. 목 뒤로 어머니의 눈물이 떨어져 흘러내렸다. 뜨겁고 뜨거웠다. 주님은 앞으로의 고생길을 암시하며 말씀하셨다.

"칼이 네 가슴을 찌르듯 하리라!"

상경 후 '하나님의 시대 말씀'으로 선교를 시작했다. 처음엔 1평 남짓한 방에서 옹기종기 모여 말씀을 전했으나 10여 년 만에 2만 명의 젊은 영혼들이 선생을 따랐다. 지금도 정명석 선생은 매일 이른 새벽을 깨워 하루 7시간여를 무릎으로 기도하고 있다. 또한, 하나님이 주시는 시대의 말씀을 받아 지금까지 수만 편의 설교를 썼다. 세계 수많은 제자 한 명 한 명을, 하나님의 사랑으로 혼신을 다해 지도하고 있다. 오직 모든 영혼이 구원을 받아 하나님과 인간이 사랑으로 일체(一體) 되는 인간 창조의 뜻을 이 땅에 실현하기 위하여.

▲그는 어떤 리더인가? 기도하는 지도자=정명석 선생은, 기도의 사람입니다. 하나님을 알면서부터 매일 이른 새벽을 깨워 무릎을 꿇고 수 시간을 기도했다. 세계와 민족, 사회와 정치를 위해 고통받고 상처받은 자들의 회복을 위해 악과 죄로 탄식하는 영혼의 구원을 위해 눈물로 간구하고 있다.

▲하나님의 묵시를 증거 하는 사람=정명석 선생은 이 시대를 향한 하나님의 생생한 묵시를 증거 해 왔다. 종말과 영생 등 비현실적, 비사회적인 가르침을 타파하고 신앙과 생활의 균형을 강조하면서 인적과 내면이 성장하는 이타적인 행복을 깨우쳐 왔다. 선생의 깊은 통찰의 메시지는 진리를 알고자 하는 영혼들에 하나님의 참뜻을 알게 함으로 전인적 변화를 이루는 씨앗이 되어 왔다.

▲소통하는 지도자=선생은 소통의 사람입니다. 세계의 수만 성도의 수장이지만 남녀노소, 인종의 구분과 차별 없이 한 명 한 명과 소통하는 것을 우선시하며 실천해왔다. 선생 자신을 비워 사람들의 애로사항에 늘 귀 기울이며 가난한 자, 상처받은 자, 짓눌린 자들의 애환을 찾아 해결해 왔습니다. 세계의 수만 명의 리더이지만 선생 이름의 명의로 된 재산도 건물도 없다. 하나님과 깊은 소통을 해왔기에 하나님의 인간을 향한 지극한 사랑을 담아 한 명 한 명을 소중하고 가치롭게 대해온 진정성의

리더이다.」

　공식 홈페이지는 교단인 기독교복음선교회에 대해 "정명석 선생이 30여 년간 기도와 실천으로 성삼위(하나님 성령님 성자 주님)로부터 깨달은 말씀을 전하기 시작한 1978년도 6월에 출발했다. '네 마음을 다하고 목숨을 다하고 뜻을 다하여 주 너의 하나님을 사랑하라. 네 이웃을 네 자신 같이 사랑하라 하셨으니…(마태복음 22장 37~39절)' 이 말씀을 절대가치로 삼고 성삼위와 생명을 섬기며 사랑하고 있다. 하나님이 뿌리신 하나의 씨앗이 이제는 세계 50개국에서 수많은 생명 열매가 되어 새 역사를 쓰는 거목이 되었다"고 소개했다.

정명석의 월명동 자연성전은
세계에 하나뿐인 교회

세월의 흐름은 빨랐다. 정명석을 만난 뒤, 31년이 전광석화처럼 흘러갔다. 정명석이 감옥에 투옥돼 있다는 소문과 함께, 충청남도 금산군 진산면 월명동에 큰 자연성전을 만들었다는 소식을 듣게 됐다. 기자로서, 자연성전의 현지취재에 나섰다. 아래는 기자인 내가 브레이크뉴스에 게재한 지난 2010년 5월 17일 자 정명석 총재의 자연성전 '감동스런 성전' 제목의 글이다. 인용한다.

「한국 기독교는 전반적으로 쇠퇴기에 접어들었다. 대다수 교회의 신자 수가 감소하고 있기 때문이다. 기독교의 한 파인 기독교복음선교회는 정명석 총재가 설립했다. 그는 도덕성 시비에 휘말려 지난해 초 대법원에서 10년 형을 선고받고 대전 교도소에 수감 중이다. 그가 수감되는 과정에서 그와 관련된 사건은 온 세상을 떠들썩하게 했다. 그가 행동이 자유롭지 못한 교도소에 수감된 이후 그의 교단이 어찌 되는지 궁금증을 자아낸다.

지난 2010년 5월 15일은 스승의 날, 기독교복음선교회는 이날을 맞아 충남 금산군 진산면 석막리 월명동 자연성전에서 스승의 날 감사축제 행사를 가졌다. 이 교단의 성도들에게 있어 스승이란 '죽음보다 더한 사랑으로 우리를 구원하신 예수'와 '세상의 욕심에 눈이 멀었던 우리를 예수님의 사랑으로 인도해주신 선생님(정명석)'을 의미한다.

진산면 석막리 월명동은 정명석 총재의 탄생지. 이곳에 기독교복음선교회의 세계선교본부가 있다. 그리고 일반 기독교회에서 보기 힘든 잘 단장된, 47만여 평에 달하는 규모의 야외성전이 있다.

월명동 야외성전 입구로 들어섰다. 진입 도로 양쪽은 각종 모양의 돌을 이용한 돌 화단으로 꾸며져 있다. 각양각색 돌과 돌 사이에 심어진 철쭉 등의 꽃들이 화사하게 피어 있었다. 야외성전은 그야말로 꽃 천지. 입구에서 2㎞쯤 올라가다 보면 연못이 나온다. 연못 주변도 꽃들이 만발, 아름다운 꽃길의 연속이다.

연못을 지나자 널따란 운동장이 나왔다. 이 운동장에서 축제 행사가 펼쳐졌다. 이날 축제 행사에 참석한 인원은 5천여 명. 8월 15일에 갖는 월드피스 모델 축제에는 3만여 명의 성도들이 모인다고 한다. 8·15 축제보다는 적은 인원이 참가한 축제였다.

축제 무대는 야외성전의 돌동산을 향해 위치했고, 성도들은 돌정원 사이사이에 앉아 축제를 참관했다. 이런 정경은 한마디로 자연스러움의 극치였고, 인위적이지 않았다. 사회자는 무대에서 복음성가를 불렀고, 성도들은 따라서 합창했다. 또한, 연극도 있었고, 특송도 있었다. 무대에서 성도들을 향해 쏟아놓는 설교는 없었다. 함께, 더불어, 문화행사들을 즐겼다. 야외성전이란 단어가 말해주듯, 가족들과 함께 공기 맑은 야외에 앉아 축제를 감상했다. 이런 교회가 어디에 있을까? 세계에 하나뿐인 교회였다.

이 축제에 참석한 성도들을 분석하면, 다른 교회나 사찰에서 볼 수 없는 한 현상과 마주친다. 참석자들 대다수의 연령대는 20~30대라는 사실. 일반 기독교의 쇠퇴기에 기독교복음선교회의 부흥은 경이적이었고, 성도들의 연령대가 젊은 층이라는 사실은 뭔가 타 교단-타 종교와 다르다는 것을 웅변해주고 있었다.

취재차 축제에 참석한바, 일반인들이 이해할 수 없는 행동이나 카리스마에 도취한 이상한 행동이 연출되는 것을 발견할 수는 없었다. 오직 신앙을 통해 얻은 즐거움을 마음껏 표현하고 있을 뿐이었다.

자연성전을 중심으로 야산들 사이사이에 산책로가 만들어져 있다. 그 산책로를 따라 올라갔다. 산책로에서 만난 성도들은 거의 깨끗한 복장을 하고 있었다. 혼자서 또는 가족과 같이 걷고 있었다. 더러는 혼자서 흥얼흥얼 찬송을 하기도 했다. 어떤 이는 산속에서 트럼펫을 불어 경쾌한 악기 소리가 산울림 되어 돌아왔다. 야산의 정상에 도달했다. 그 언덕 위에는 성도들이 앉아 기도 삼매에 빠져 있는 모습을 볼 수 있었다. 자신과 가정과 나라를 위해 기도하는 이들이었다.

야외성전 산책로 곳곳에서 만난 기독교복음선교회 성도들의 신앙생활은 경건했다. 그들의 신앙심은 깊어 보였고, 깨끗해 보였다. 성도들은 쫓기지 않은 발걸음으로 산속을 걸었다, 또는 노래하며 흥겹게, 흥에 취해 있었다.

이곳의 성도들은 자연 속에서 하나님의 피조물을 통해 창조의 신비와 그들이 존경하는 스승인 예수를 만나고 있었고, 예수라는 스승께로 안내한 선생인 정명석 총재를 위해 묵상하거나 기도하고 있었다.

야외성전의 성도들에겐 웅장한 건물로서의 교회는 없었다. 그래서 강요되는 헌금도 없었고, 목이 터지듯 외치는 설교도 없었다. 자연과 마주하면서 자연 속의 설교와 신의 창조적 기쁨을 얻고 있었다. 이러한 자연교회의 미래는 어떠할까? 계속해서 많은 성도가 늘어날 것이라는 예감을 지울 수가 없었다.

그뿐 아니라 걷기 운동의 확산에 따라 월명동의 기독교복음선교회 자연성전 일대는 금산군의 명소로 재탄생할 것이 명확했다. 이 자연교회를 만든 정명석 총재는 수감 상태이다. 그는 10년 수감이라는 중형판결을 받았으나 교단에 속한 한 목사의 말에 따르면 "옥중에서도 성경적 신앙생활을 계속한다"고 한다.

기독교복음선교회는 세계를 무대로 선교 활동을 벌여 50개국에 선교사를 파송했다고 한다. 이미 일본이나 대만 등의 성도 수는 3천 명을 넘어섰다고. 국내에도 400여 개의 교회가 설립됐다는 것. 정명석 총재의 수감이 오히려 교단의 신앙심을 높여주는 신앙심의 단련을 위한 핍박으로 이해되어지고 있다는 점에서, 정명석 총재의 '형기 감량'이라는 사법적 조치가 기대되기도 했다.

예수도 몰이해로 십자가 사형이라는 방법으로 죽임을 당했다. '정명석 총재의 수감생활 역시 몰이해 집단에 의해서 만들어진, 현대판 종교적 수난을 받는 성직자가 아닐까?'라는 생각에 다다랐다. 왜냐? 정명석 총재가 구상하고 만든 자연성전은 시대에 앞선 구상이었고, 종교적 실천을 통한 선각의 구현이었다. 이 자연-야외성전에는 새들이 즐거이 노래하고, 꽃들이 아름답게 피어 있었다. 그리고 맑은 영혼을 가진 성도들의 발길이 끊이지 않고 이어졌다. 큰 건물의 교회보다 아름다웠고, 순수했다.

기자의 취재 결론은 '이 교회의 미래는 보장되어 있다'라는 것이다. 숲속에 핀 야생화 한 송이보다 진실한 설교는 있을 수 없을 테니까. 성도들이 자연-야외교회에서 만나는 자연의 삼라만상 하나하나는 모두 신의 창조물이니까.」

종교가 다르다는 이유로
사람이 죽어나가는 야만은 사라져야

지난 2019년 9월 무렵, 신천지예수교증거장막성전(약칭 신천지예수교회-이만희 총회장) 사건이 터졌다. 한기총(한국기독교총연합회)과 신천지예수교증거장막성전 간 종교-교리 싸움이 이어지면서 사람이 죽는 일이 발생했다. 종교가 다르다는 이유로 사람이 죽어나가는 야만은 사라져야 한다.

내가 오너인 브레이크뉴스 인터넷 신문사의 사무실은 서울 중구 서소문공원과 아주 가까이에 있다. 40미터쯤 떨어져 있다. 서울역에서 수백 미터. 매우 가깝다. 이 공원에는 '천주교 현양탑'이 있다. 공원 지하에는 박물관도 있다.

나는 가끔 이 공원으로 산책을 나간다. 그때마다 현양탑과 마주친다. 이 공원에 들어설 때마다, 인간이 얼마나 야만적인가를 생각한다. 불과 2백여 년 전, 조선 시대의 일이다. 종교가 지닌 야만성(野蠻性). 아니 인간이 지닌 야만성과 만난다. 이씨조선은 유교를 숭상했었다. 그때 천주교(가톨릭)가 전래됐다. 이 과정에서 야만성의 극치를 내보였다.

서울시 중구 서소문 공원. 천주교 현양탑. 이 탑의 비석에는 한국 천주교가 1784년에 첫 전파됐다고 기록하고 있다. 이 비는 슬픔-고통을 기록하고 있다. 천주교 전래 100년사에 1만 명 내외의 순교자가 발생했다는 것이다. 1801년부터 1871년까지 44명이 박해받아 순교(죽임당함)했다고 한다. 그 시대, 현재의 서소문 공원은 사형장. 반국가자나 범죄자를 처형하는 형장. 예리한 칼로 목을 쳤다. 조선 시대, 그 많은 천주교 신도가 죽임당함은 인간의 야만성 때문이다. 유교에서 강조하는 제사 등을 거부했다는 이유에서다. 기득권 종교세력이 새로 유입된 종교, 또는 구교가 신교(新敎)의 신자를 죽인 것이다.

서소문공원의 천주교 현양탑은 종교가 얼마나 야만적인지를 말해주고 있다. 그 어떤 종교이든지 그런 야만을 저지를 수 있음을 말해주고 있다. 사람이 종교가 다르다는, 믿음이 다르다는 이유로 사람을 죽인다는 것은 야만적이다. 유교를 숭상했던 이씨조선은 천주교인들을 그렇게 죽였다. 죽임을 당한 수가 무려

1만 명 내외라 한다. 비탄의 호곡(號哭) 소리가 들리는 듯하다. 아주 가까이서 들리는 듯하다. 이 공원에는 그런 역사의 기록들이 돌에 새겨져 있다. 적어도 천주교인들 과거의 그런 악행을 저질러선 안 된다.

한국의 천주교는 이제 기득권의 종교가 됐다. 과거의 아픔을 되새기며 야만성을 드러내선 아니 된다. 야만의 반복일 수 있기 때문이다. 종교가 다르다는 이유로 인간이 죽임을 당하는 어처구니없는 일이 발생해선 안 된다. 한국에서 이미 거대 종교가 된 천주교, 이 교단은 한없이 더 겸손의 길을 걸어가야 한다.

천주교만의 문제는 결코 문제는 아니다. 그러나 과거에 그렇게 당한 천주교는 그래선 아니 된다는 것이다. 절대 안 된다. 반복해선 안 된다.

그런데 근년에 한국 사회에 한기총(한국기독교총연합회)과 신천지예수교 증거장막성전(총회장 이만희·신천지예수교회) 간 종교-교리 싸움이 이어지면서 사람이 죽는 일이 발생하고 있다. 비문명적인, 구(舊)시대에나 있을 수 있는, 야만이 반복(反復)되고 있는 것이다.

신천지예수교회는 지난 2019년 2월 12일 낸 "강제개종으로 벌써 2명 사망, 개종 목사 처벌 요구" 제하의 보도자료에 믿기지 않은 내용을 담았다. 대명천지에 그런 일이 발생할 수 있나? 이 개신교 단체는 "신천지예수교회는 2019년 2월 11일 서울 종로구 한기총 앞에서 강제개종 중단과 이를 사주하는 개종 목사의 처벌을 요구하는 대규모 규탄대회를 실시했다"면서 "이날 신천지예수교회 성도 2천여 명은 지난 2007년과 2018년 강제개종을 거부하다 사망한 고 김선화 씨와 고 구지인 씨 사건과 함께 지난 2019년 2월 3일 강원도 춘천에서 발생한 강제개종 시도에 의한 납치·감금 사건을 규탄했다"고 전하고 있다. 참으로 안타까운 소식이다.

강제개종 피해자들은 "개신교 이단 상담사들은 자신들이 '이단'으로 지목한 교단 소속 신도의 입을 공업용 청테이프로 막고 손발에 수갑을 채우고 수면제를 먹여 납치해 데려와 자신들에게 개종교육을 받을 것을 그 가족들에게 지시한다"고 폭로했다. 그들은 "모든 피해자가 똑같은 패턴으로 피해를 입었다"고 했다. 고 김선화 씨와 고 구지인 씨도 동일한 수법으로 개종을 강요받다가 죽임을 당했다는 하소연이다.

신천지예수교회 측은 한기총 소속 개종 목자들의 강제개종 관련 범죄는 "1. 사망 2건, 2. 정신병원 강제 입원 13건, 3. 수면제 복용케 함 109건, 4. 결박 682건, 5. 폭행 861건, 6. 납치 977건, 7. 감금 1,121건, 8. 개종 동의서에 강제 서명 1,293건, 9. 강제 휴직·휴학 1,338건, 10. 협박, 욕설, 강요 1,280건, 11. 이혼 43건, 12. 가족 사망 1건(기간 : 2003년부터 2019년 8월까지.

총피해자 수 : 1,455명) 등 12가지라고 했다." 다행스럽게도, 한국 천주교나 개신교 유력 교단들은 이에 가담하지 않았다.

미 국무부가 주관해온 '종교의 자유 증진을 위한 장관급회의'는 지난 2월 16일(현지시각)부터 2박 3일간 진행됐다. 미 워싱턴 D.C. 미 국무부 청사에서 열렸다. 100개국 정부와 500개의 NGO·종교 단체 등이 참가했다. 이 회의에는 마이크 펜스 미 부통령, 마이크 폼페이오 미 국무부 장관, 샘 브라운백 국제종교자유 담당 대사 등이 참석한 것으로 전해진다. 그런데 이 '종교의 자유 증진을 위한 장관급회의'에서 대한민국에서 자행된 강제개종을 공식적으로 비판하는 사례발표가 있었다고 한다. 유엔까지도 종교에 의한 직·간접 살인행위에 관심이 모아졌다.

나는 이들 가해자-피해자 교단과 무관하다.

한기총 회장을 역임한 교단이었던 순복음교회도 불과 20여 년 전까지 극심한 이단 사냥을 당했던 교단이다. 그런 역사를 지난 새로운 신생 교단들이 아주 가까운 과거를 송두리째 잊고 사람을 죽이는 종교전쟁에 동참하고 있다.

역지사지(易地思之)다. 먼저 설립되고 교인이 많은 교단이, 늦게 설립되고 교인이 적은 교단을 탄압하고 사람을 죽인다는 것은 야만적이다. 개종을 위해 사람을 죽인다는 것은 살인행위이다. 종교의 자유를 헌법이 보장하는 국가에서 법이 그런 그들을 절대 용서해선 안 된다.

나는 서소문공원을 산책하면서 이씨조선 때 저질러졌던 종교의 야만성에 몸서리를 쳤는데, 그런 야만이 지금도 재현되고 있음에 경악했다. 그런 야만스런 행진은 끝나야 한다. 아니 끝내야 한다. 식인종과 맥을 같이하는 악종 인간들이다. 서울 중구 서소문 천주교 현양탑 비문을 읽어보시라!

제 2 장

◦⌣◦

전쟁터에서 살아나와 평화와
예수의 사랑을 말하는 정명석

◦⌣◦

무시무시한 기사 "JMS(정명석)가 여성 1만 명과 성관계?"

'나'라도 대차게 나와야 한다… 그 이유는?

전쟁터에서 살아나와 평화와 예수의 사랑을 말하는 정명석

1만 명을 성폭행(强姦)했다고? '풀 뜯는 소도 웃을 일…'

무시무시한 기사
"JMS(정명석)가 여성 1만 명과 성관계?"

나는 충청도 마곡사 부근의 화실에서 그림 작업을 해온 허유 교수와 가끔 전화 통화를 한다. 2023년 3월 어느 날 전화가 걸려왔다.

"문 대표, 믿기지 않은 사건이 발생했어."

"무슨 사건인데요?"

"방금 방송에서 들으니 기독교복음선교회 정명석 목사가 여자 1만 명을 강간(성폭행)했다는 보도를 방송을 통해서 들었어…."

"설마요?"

"그렇다니까…."

나는 전화 통화를 마치고, 인터넷 검색을 해봤다. 허유 교수가 나에게 전화로 말해준 내용이 사실이었다.

원숭이가 자생(自生)하는 정글 지역에서 원숭이를 생포하는 방법이 있다. 원숭이 손이 겨우 들어갈 만한 작은 구멍을 만든 뒤 나무에 붙들어 매고, 그 속에 바나나 같은 먹을 것을 넣어 두면 된다. 아주 쉬운 방법이다. 그게 덫(트랩=trap)이다. 정글에서만 살아온 원숭이는 두 손으로 음식을 채취한다. 먹거리를 채취하지 못하면 굶어 죽게 된다. 그러하니 손으로 움켜쥔 음식물을 놓아 버릴 수가 없다. 원숭이보다 몇 배 머리 좋은 사람들이 원숭이를 생포하기 위해 원숭이의 습성을 이용하는 것이다. 아주 쉬운 덫(트랩=trap)에 걸린 원숭이는 손을 빼지 못한 채 생포되어 수난으로 휩싸인다.

이와 비슷한 덫(트랩=trap)이 '정명석을 덮치고 있구나'라는 생각이 스쳐 갔다. 사람이나 원숭이나 덫(트랩=trap)이란, 무서운 존재다. 한번 걸려들면, 빠져나오기가 쉽지 않다. 전쟁터에서 적이 파 놓은 함정에 빠지는 것과 비슷하다.

지난 2023년 3월 한 매체는 JMS를 반대하는 단체의 활동가인 A 씨와의 인터뷰 내용을 기사화했다. 이 기사는 "JMS(정명석)가 여성 1만 명과 성관계… 목표를 초과 달성했다"라는 내용을 기사화했다. 제목으로 봐서 무시무시한 기사였다.

정부로부터 상당액의 운영자금을 받는 이 통신사는, 정명석 목사가 설교 때 "성적 구원＝하늘 애인 1만 명 만들기가 목표라는 말을 했다"면서 "JMS(정명석)가 여성 1만 명과 성관계… 목표를 초과 달성"라는 내용이었다. '1만 명과 성폭행'에 대해, 그 근거를 대지 않고, 정명석 목사가 설교 때 주장했다는 설교 중의 말을, 이에 대입(代入)시키고 있었다.

정명석 목사가 기독교의 경전인 성경을 해석하는 과정에서 '하늘 애인 1만 명'을 언급했는데, 이를 '성폭행'으로 번역한 듯하다. 일반적으로 외서(外書)를 번역할 때는 오역(誤譯)이 있을 수 있다. 정명석 목사가 1만 명 성폭행을 초과 달성했다는 주장은 정명석 목사의 설교를 이해하는 과정에서 오역적(誤譯的)인 범주에 드는 내용으로 보인다.

왜냐? 만약, 정명석 목사가 "1만 명 이상의 여성을 성폭행했다"고 하면, 수사-재판 과정에서 피해 여성의 명단(리스트)이 나와야 하는 게 옳다. 성폭행 1만 명이라는 숫자는, 단지 피해자 모임의 한 간부 입에서 나온 말에만 의존되는 숫자이며, 이 숫자가 조사의 과정이 없이 공론화됐다. 이 숫자는 피해자가 누구인지의 증거가 없이, 한 반대자의 입에서 나온, 공중에 떠 있는 숫자에 불과하다. 언론 역시 자체 조사의 숫자 보도가 아닌, 허황(虛荒), 그 자체라 할 수 있다. 이런 류(類)의 기사를 취급한 국내의 매체는 30여 개를 넘어섰다.

이게 과연 가능할까? 깊이 들어가지 않고 상식적으로 생각해도 불가능하다. 세상의 일이란, 대부분 상식 수준에서 돌아간다. 가능하지 않다는 생각이었다. 그리될 수 없다는 판단이었다.

나는 브레이크뉴스 2023년 4월 22일 자 "JMS 정명석 목사와 관련된 과장-허황된 보도내용의 실체… '진실은 따로 있다?' 제목의 기사에서 반론을 폈다." 대한민국, 한 개인이 1만 명을 성폭행할 정도로 어수룩한 나라가 결코 아니다는 논조였다. 인용한다.

「최근 기독교복음선교회 정명석 목사(총재)에 관한 일탈(逸脫) 기사가 보도되었고, 이에 대한 반론 기사들도 연이어 제작-보도되고 있다. 특히 성직자인 JMS 정명석 목사의 이성(異姓) 접촉에 대해 '과연 사실일까? 조작된 것일까?'라는 의혹이, 따라붙는다.

우선 성적인 비리를 저질렀다는, 이성 접촉의 숫자 문제이다. 그간 몇 언론사들의 JMS 정명석 목사 관련 보도문에는 '1만 명이상이 성폭행을 당했다'고 주장되어지고 있다. '1만 명 이상이 성폭행을 당했다'는 주장은 이미 전 세계 언론들이 보도, 사실인 것처럼 인지, 보도해온 사안이다.

그런데 언론의 논쟁(論爭) 보도 기사 중에는 보도문에 적시(摘示)돼 있는 내용이 모두 사실(事實)이냐, 또는 그 보도문이 진실(眞實)이냐는 의혹이 항상 따라붙게 돼 있다. 기사를 제보한 측의 주장 속에는 사실이 증명되지 않는, 거친 주장도 게재-내재되기 때문이다. 그래서 기사 속의 사실이 모두 진실이지 않다는 결론에 다다른다. JMS 정명석 목사 관련 보도도 모두 사실처럼 오인(誤認)되지만, 100% 진실이 아닌 내용도 엿보인다. JMS 정명석 목사에 의해 '1만 명 이상이 성폭행을 당했다'는 부분은 진실이 아닌 허위일 가능성이 높다. 기사로 작성되는 과정에서 사실이 밝혀지지 않은 내용을 한 개인의 주장(主張)으로 포장해서 보도했기 때문이다.

나는 이 문제에 대해 상식적으로 생각, 개인 의견을 공론화해 본다. JMS 정명석 목사 관련 보도도 모두 사실처럼 포장되어 있지만, 그게 진실이 아닐 것이다. JMS 정명석 목사에 의해 '1만 명 이상이 성폭행을 당했다'는 어구는, 'JMS 정명석 목사가 1만 명 이상을 성폭행했다'는 말과 상통한다. 그러나 이 부분은 사실처럼 보이나 100% 진실이 아니라는 게 바로 '진실된 사실'이다.

왜냐? 모든 기사의 취재-작성은 상식에서 출발한다. '1만 명 이상을 성폭행'했다고? 정명석 목사, 그도 인간이다. 그는 결코 인간을 좌지우지할 수 있다고 믿는 신이 아니다. 그저 인간일 뿐이다. 그런데 인간일 뿐인 그가 어떻게? 그렇게? 기사 내용에서 주장되어지는 '1만 명 이상의 성폭행' 주장(내용)은 기사 속에서 사실처럼 적시(摘示) 되었을지라도, 100% 진실(眞實)이 아니다. 허구(虛構)라는 이야기이다.

내가 인지하기로는, 기독교복음선교회의 공인(국가기관 파악)된 전체의 신도 수는 10,000명이 되지 않는다. 국가의 종교 관련 기관이 발표해왔던 교인 통계 자료에서도 그런 통계 수치가 발표된 적이 없다. 그게 아니라면, 그가 자신의 종교기관인 기독교복음선교회 내의 신도가 아니고, 일반 사회 사람들을 성폭행해왔다는 말인가? 그리고 그가 사람이기에 '1만 명 이상의 성폭행'은 전혀 사실일 수는 없다. 그래서, 그런 주장은 가짜에 속한다.

JMS 정명석 목사는 그간 감옥을 들락거렸다. 그 많은 사람을 성폭행했다 하면, 감옥 안에서도 최소한 1천여 명 이상을 성폭행했어야만이 합당하고 옳은 숫자이다. 그런데 감옥 내부는 이성을 성폭행할 수 있기에는 불가능한 시설이다.

미국 언론의 경우, 성폭행 사건을 보도할 때 폭행자와 피폭행자의 신분을 공개하도록 돼 있다. 정확하게 사건의 행태를 보도한다. 미국식으로 말한다면, '정명석 총재가 1만 명을 성폭행했다'하면, 수사 단계에서 1만 명의 성폭행 피해자 명단, 일시, 장소 등의 '피해자 리스트'가 작성되어 그 명단이 재판부에 넘어가야 한다. 그런데 정명석 목사가 성폭행을 했다는 사건에서 지금까지 피해자 이름이 확실하게 나오지 않는 것은 무엇을 의미하는가? 이 사건이 올바른 사건이라면, 정명석 목사에게 성폭행을 당했다는 1만 명의 명단이 공개돼야 한다.

이에 대해 기독교복음선교회 측은 2023년 4월 22일 자 보도자료에서 '아무리 거대 언론이라 할지라도 국민을 기만하는 조작된 보도는 들통나게 마련이다. 1999년, 2002년 보도로 인해 A 언론사는 이미 선교회 측에 손해배상을 한 사실이 있다. B 언론사의 보도는 소송 중인데 재판 기피신청을 해놓았다. 보도문을 제작하면서는 선교회 교회에 무단으로 침입해 불법 촬영을 했다.'고 지적했다.

그간 비리 제보에 앞장섰던 한 이탈자에 관해서는 '그가 정명석 목사에게 돈을 요구한 녹취록 등 다수의 증거물을 갖고 있다. 1만 명 이상이 성폭행을 당했다고 주장하지만, 지금까지 DNA 추출 등 실체적 증거를 제시한 사람은 한 명도 없다'고 밝혔다. 이어 '2009년 정명석 목사의 10년형 판결에서도 피해 여성들이 피해를 당했다는 증거물은 없었고, 피해 여성 중 1명이 거짓 고소했다는 양심선언을 한 바 있다'고 강조하고 "이

번에도 피해 여성들이 진술한 피해 시간에 정명석 목사는 다른 일을 하고 있는 영상이 확인됐다. 여성 중 한 명이 제출한 녹취 파일도 원본이 아닌 사본으로서 '이제까지 보지 못한 파일 구조다. 고소인이 사용한 아이폰에서 수집한 대조 파일과 파일 구조가 상이하다.'는 국립과학수사연구원의 분석이 나왔다."고, 피력했다.

JMS 정명석 목사 관련 보도는 사실과 진실에서 이만큼 큰 차이가 있음이, 발견된다. 'JMS 정명석 목사가 1만 명 이상을 성폭행했다'는, 일부 언론의 보도내용은 이미 전 세계로 타전됐다. 이 내용은 허구인데, 사실처럼 알려져 있다. 대한민국은 세계에 내로라하는 민주주의 국가이다. 한 개인이 1만 명을 성폭행할 정도로 어수룩한 나라가 결코 아니다.

이후, 기독교복음선교회 측은 자신의 교단 창설자인 정명석 총 목사와 관련된, 진실하지 않은 허구의 내용을 교정하는데, 교단의 힘을 집중할 것으로 예상한다. 이 사건과 관련된 진실은 언젠가 명명백백 드러날 것이다. 이래야, JMS 정명석 목사 때문에 세계에 이상한 나라로 알려진 대한민국의 이미지도 깨끗하게 세탁될 수 있을 것이다.

르포작가인 나는 지난 2010년 5월 17일 자 브레이크뉴스에 "정명석 목사의 자연성전 '감동스런 성전'" 제목의 르포 기사를 게재했었다. 기독교복음선교회 본부가 있는 충남 금산군 진산면 '자연성전'을 현지르포로 취재한 기사였다.

이 기사에서 "지난 5월 15일은 스승의 날, 기독교복음선교회는 이날을 맞아 충남 금산군 진산면 석막리 월명동 자연성전에서 스승의 날 감사축제 행사를 가졌다. 이 교단의 성도들에게 있어 스승이란 '죽음보다 더한 사랑으로 우리를 구원하신 예수'와 '세상의 욕심에 눈이 멀었던 우리를 예수님의 사랑으로 인도해 주신 선생님(정명석)'을 의미한다. 금산군 진산면 석막리 월명동은 정명석 목사의 탄생지. 이곳에 기독교복음선교회라는 교단의 세계선교본부가 있다. 그리고 일반 기독교회에서 보기 힘든 잘 단장된, 40만여 평에 달하는 규모의 야외성전이 있다."고 쓴 바 있다.」

'나'라도 대차게 나와야 한다…
그 이유는?

나는 정명석의 사람이 아니다. 그리고 기독교복음선교회 교인도 아니다. 충청도 사람도 아니다. 대한민국 사람이다. 언론사를 운영하고 있는 오너(발행인)이다. 그리고 글을 써온 기자이다. 그런데 이런 내가 왜 정명석에 대해, 매우 안타까운 심정을 가져야 하는지? 언론의 해괴하고 망측한, 과장-왜곡 보도 때문이다. 한국에는 6만여 명(언론학을 공부하는 학생들 포함)의 언론인들이 있다.

나는 미국 뉴욕의 맨해튼에서 5년을 살았다. 그리고 세계를 다녀볼 수 있는 기회가 있었다. 그런데 한국인 남자가 여성 1만 명을 강간(성폭행)했다는 게 사실이라면, 한국인 남성들이 세계 그 어디를 가나, 철저한 감시의 대상이 될 것이다. 정명석이 1만 명에 달하는 여성을 성폭행했다는 기사를 쓴 기자들. 그 내용이 사실이라면? 어찌할 수 없겠지만, 왜곡-과장된 기사라면, 한국 남자 모두가 피해를 볼 수 있는 기사임을 알아야 한다. 그러하니 바로 잡아야 한다. 이게 내가 나서는 이유다.

'나'라도 대차게 나와야 한다고 다짐했다. 이렇게 맘먹었다. 그래서 나는 브레이크뉴스 2023년 4월 27일 자 "JMS 정명석 목사의 성폭행 사건 왜곡의 실상을 추적"이란 제목으로, JMS 정명석 목사의 구속 사태 '전말'(顚末)을 기사화했다. 왜곡의 실상을 나열했다. 인용한다.

「기독교복음선교회. 일명 JMS(정명석 목사). 그는 지난 2008년 구속됐었다. 그런데 또 지난 2022년 10월에 재(再)구속되는 상황을 맞았다. 그는 왜 구속됐을까? 어느 날 성폭행 피해를 당했다는 여성들이 기자회견을 가졌다. 이 당시 성폭행범은 몇몇 방송사가 시사프로그램에서 조명함으로써 세간에 사이비 교주로 알려진 인물. 이에 대해 기독교복음선교회 홍보 관계자는 "언론은 앞다퉈 여성들이 말하는 피해 사실을 여과 없이 기사로 퍼 나른다. 반론은 없다. 이에 더해 여성들은 고소장을 제출했고, 경찰과 검찰은 강경한 자세로 체포 및 기소에 이른다. 여론의 눈치를 보는 재판부는 무죄 추정의 원칙을 외면하고 죄인으로 낙인찍는다. 피고소인 측은 언론의 편파 보도 및 방송 조작 등 불법성에 대한 민·형사 소송을 제기해 승소에 이르지만, 구속된 뒤여서 국민은 누구도 관심을 갖지 않는다"고 회고했다. JMS 정명석 목사 구속 실상을 추적해본다.

기독교복음선교회 정명석 목사(78세). 그는 지난 2008년 성폭행범으로 구속됐었다. 이로 인해 사이비 교주로 내몰렸다. 그런데 지난 2022년 10월에 재구속 됐다. 처음 구속 때와 다른 점은 이 사건의 제보자가 대학교수로 이름을 올렸다는 사실이다. 또한, 국내 언론기관에서의 보도가 아닌, 넷플릭스라는 세계인 대상의 OTT에서 정명석 목사의 사건이 방송으로 내 보내졌다. JMS 이인자를 자처해왔던 이가 정명석 목사의 유죄를 증언하기도 했다.

기독교복음선교회 홍보 관계자는 "여전히 재판 과정에서 고소인들은 정확한 증거물을 제시하지 못했다. 사법부의 감성에 호소하는 것으로 일관하고 있는 상황이다. 정명석 목사는 가해 사실을 부인하며 무죄를 주장해왔다"고 말했다.

▲기독교복음선교회 측의 입장=기독교복음선교회 측은 최근 한 방송사의 JMS 관련 보도를 보고 입장문을 발표했다. 이 입장문에는 한 방송사가 과거 20년 전부터 기독교복음선교회

측을 비판하기 위해 조작한 사실과 이에 따른 법원 판결문, 거짓 제보자 A 씨의 돈 요구 사실, 증거 없는 엉터리 재판 사실 등 실재하는 자료들을 첨부했다. 방송사, 제보자, 고소인들이 가진 문제, 방송사의 왜곡 편집 문제점들은 과연 무엇일까? 아래는 기독교복음선교회 측이 낸 입장문(보도자료)을 중심으로 기술된 것.

▲방송사 문제점 = 기독교복음선교회 측은 "지난 1999년과 2002년에도 본 선교회에 대한 음해성 조작방송을 보도한 것이 들통이 나 법원으로부터 지난 2005년 8월 2일 화해 권고 결정을 받았다. 이후 그 결정 사항 위반으로 이 방송사는 기독교복음선교회에 손해배상을 했다"고 밝혔다.

▲제보자 문제점 = 법원은 방송사에 제보자 A 씨를 바탕으로 하는 보도를 하지 말 것을 판결했다. 그럼에도 이 방송사는 제보자 A 씨가 제보한 내용을 바탕으로 방송을 제작, 방송했다. 제보자 A 씨는 "정명석 목사에게 1만 명 이상이 성폭행을 당했다"고 주장했다. 하지만 지금까지 DNA 추출 등 실체적 증거를 제시하는 사람은 한 명도 없었다.

▲고소인 문제점 = 법원은 고소인들의 진술만을 근거로 재판을 진행, 10년 형을 선고했었다. 구속 상태인 정명석 목사는 현재도 과거와 비슷한 재판을 받고 있다. 일부 언론과 유튜버들이

이 문제의 의혹을 보도하고 있다. 법원은 방송사 제보자 A 씨의 제보를 바탕으로 보도하지 말 것을 판결했었다. 그럼에도 방송사는 이번에도 제보자 A 씨가 제보한 내용을 바탕으로 프로를 제작, 방송했다. 피해를 주장하는 고소인 M 씨의 유일한 물적 증거는 음성 녹취 파일이다. 이는 증거능력이 없는 복사본. 이 파일에 대해 국립과학수사연구원은 "이 사건의 녹음 파일은 이제까지 보지 못한 파일 구조다. 이 파일 구조는 고소인이 사용한 아이폰에서 수집한 대조 파일과 파일 구조가 상이하므로, 위 '휴대전화 정보'와 동일한 상태 및 녹음 방법으로 획득한 대조 파일의 파일 구조와 추가적으로 대조, 확인할 필요가 있다"고 결론 내렸다. 즉, "진위 여부를 확인할 수 없다"고 분석했다. 고소인 측은 "녹취 원본 파일이 들어 있는 핸드폰을 팔았다"고 진술했다. 2006년에도 성폭행 피해를 당했다고 주장했던 여성들의 신체를 병원에서 진단했으나 아무 흔적을 찾지 못했다. 지금도 증거가 없는 재판이 진행 중이라는 사실이다.

　▲고소인 M 씨의 문제점＝이번 사건의 고소인 중 한 사람인 M 씨는 "항거불능 상태에서 지난 2018년부터 2021년까지 17건의 피해를 당했다"고 주장했다. 그러나 그녀는 서울에서 대학교를 다니고, 남자친구를 만나기도 했다. 일본, 홍콩, 한국을 오가며 광고모델로도 활동하는 등 자유롭게 외부인과 접촉하며

사회생활을 했다. 고소인 M 씨가 피해를 당했다고 주장하는 기간인 2020년 2월에서 3월 사이에 작성한 자필일기는 진술의 신빙성을 의심케 한다. M은 자신의 일기에서 영적인 사랑을 이해하지 못하고, 자기가 원하는 이성적인 사랑을 정명석 목사에게서 받지 못한 것에 대해 서운한 감정을 나타냈다. 일기문에는 "선생님(정명석 목사)과 늘 같이 살고 서로 애인처럼 사는 것도 아닌데, 어떻게 이 사랑의 뜻을 이룰 수 있나요" 등의 내용이 기록됐다. 이에 대해 기독교복음선교회 측은 "M 씨의 생활을 볼 때, 항거불능 상태에서 피해를 입었다고 주장하는 것은 납득할 수 없다"는 입장이다.

▲방송사의 왜곡 편집 문제=넷플릭스 다큐멘터리 '나는 신이다:신이 배신한 사람들'에서 방송된 고소인의 녹취 파일을 미국의 공신력 있는 음성분석 회사 'MuScene Voice Forensics Laboratory'가 분석했다. 1차 분석한 결과, "편집 또는 음성 조작을 했다는 것을 배제할 수 없다", "고소인의 녹취 파일이 실제상황인지 의문스럽다"고 판단했다. 이 녹취 파일은 현재 정밀 분석이 진행 중이다. 과거 한 방송사가 정명석 목사의 설교 영상을 보도하면서 '열의 하나'라는 설교 내용을 '여자 하나'로 둔갑, 보도한 바 있다. 한 방송은 정명석 목사가 자신을 신이라고 세뇌했다고 보도했다. 그러나 설교 내용의 "인간으로서 신이 된

다"는 말은, "하나님의 말씀을 받은 자는 신이다"라는 성경 말씀에 근거한다는 설명이었다.

1만 명 성폭행, 사실일까?

최근 기독교복음선교회 정명석 목사에 관한 일탈 기사가 보도되었고, 이에 대한 반론 기사들도 연이어 제작, 보도되고 있다. 특히 성직자인 JMS 정명석 목사의 이성(異姓) 접촉에 대해 "과연 사실일까, 아니면 조작된 것일까?"라는 의혹이 따라붙는다.

우선 성적인 비리를 저질렀다는 이성접촉의 숫자 문제다. 그간 몇몇 언론사의 JMS 정명석 목사 관련 보도문에는 "1만 명 이상이 성폭행을 당했다"고 주장되고 있다. "1만 명 이상이 성폭행을 당했다"는 주장은 이미 전 세계 언론들이 보도, 사실인 것처럼 인지, 보도해 온 사안이다.

그런데 언론의 논쟁 보도 기사 중에는 보도문에 적시돼 있는 내용이 모두 사실이냐, 또는 그 보도문이 진실이냐는 의혹이 항상 따라붙게 돼 있다. 기사를 제보한 측의 주장 속에는 사실이 증명되지 않는 거친 주장도 게재, 내재되기 때문이다. 그래서 기사 속의 사실이 모두 진실은 아니라는 결론에 다다른다. JMS 정명석 목사 관련 보도도 모두 사실처럼 오인(誤認)되었지만, 100% 진실이 아닌 내용도 엿보인다. JMS 정명석 목사에 의해 "1만 명 이상이 성폭행을 당했다"는 부분은 진실이 아닌 허위일 가능성이 높다. 기사로 작성되는 과정에서 사실이 밝혀지지 않은 내용을 한 개인의 주장으로 포장해서 보도했기 때문이다.

나는 이 문제에 대해 상식적으로 생각, 개인 의견을 공론화해 본다. JMS 정명석 목사 관련 보도도 모두 사실처럼 포장되어 있지만, 그게 진실이 아니다. JMS 정명석 목사에 의해 "1만 명 이상이 성폭행을 당했다"는 어구는, "JMS 정명석 목사가 1만 명 이상을 성폭행했다"는 말과 상통한다. 그러나 이 부분은 사실처럼 보이나 100% 진실이 아니라는 게 바로 '진실된 사실'이다.

왜냐하면, 모든 기사의 취재, 작성은 상식에서 출발하기 때문이다. 1만 명 이상을 성폭행한다? 정명석 목사, 그도 인간이다. 그는 결코 인간을 좌지우지할 수 있다고 믿는 신이 아니다. 그저 인간일 뿐이다. 그런데 인간일 뿐인 그가 어떻게 그렇게? 기사 내용에서 주장되는 '1만 명 이상의 성폭행' 주장(내용)은 기사에서 사실처럼 적시되었을지라도, 100% 진실이 아니다. 허구라는 이야기다.

내가 인지하기로는, 기독교복음선교회의 공인된 전체 신도 수는 1만 명이 되지 않는다. 국가의 종교 관련 기관이 발표해왔던 교인 통계 자료에서도 그런 통계 수치가 발표된 적이 없다.

그게 아니라면, 그가 자신의 종교기관인 기독교복음선교회 내의 신도가 아니라, 일반 사회 사람들을 성폭행해 왔다는 말인가? 그리고 그도 사람이기에 '1만 명 이상의 성폭행'은 전혀 사실일 수 없다. 그런 주장은 가짜에 속한다.

JMS 정명석 목사는 그간 감옥을 들락거렸다. 그 많은 사람을 성폭행했다면, 감옥 안에서도 최소한 1천여 명 이상을 성폭행했어야 합당하고 옳다. 그런데 감옥은 이성을 성폭행하는 것이 불가능한 시설이다.

미국 언론의 경우, 성폭행 사건을 보도할 때 폭행자와 피폭행자의 신분을 공개하도록 돼 있다. 정확하게 사건의 행태를 보도한다. 미국식으로 말한다면, "정명석 목사가 1만 명을 성폭행했다" 하면, 수사 단계에서 1만 명의 성폭행 피해자 명단, 일시, 장소 등의 '피해자 리스트'가 작성되어 그 명단이 재판부에 넘어가야 한다. 그런데 정명석 목사가 성폭행했다는 사건에서 지금까지 피해자 이름이 확실하게 나오지 않는 것은 무엇을 의미하는가? 이 사건이 올바른 사건이라면, 정명석 목사에게 성폭행을 당했다는 1만 명의 명단이 공개돼야 한다.

이에 대해 기독교복음선교회 측은 4월 22일 자 보도자료에서 "아무리 거대 언론이라 할지라도 국민을 기만하는 조작된 보도는 들통나게 마련이다. 1999년, 2002년 보도로 인해 A 언론사는 이미 선교회 측에 손해배상을 한 사실이 있다. B 언론사의 보도는 4년째 소송 중인데 언론사가 재판 기피신청을 해놓고 언론 플레이를 하고 있다. 최근 방송을 제작하면서는 선교회 교회에 무단으로 침입해 불법 촬영을 했다"고 지적했다.

그간 비리 제보에 앞장섰던 A 씨에 관해서는 "그가 정명석 목사에게 보내온 반성문과 돈을 요구한 녹취록 등 다수의 증거물을 갖고 있다. 1만 명 이상이 성폭행을 당했다고 주장하지만, 지금까지 DNA 추출 등 실체적 증거를 제시한 사람은 한 명도 없다"고 밝혔다. 이어 "2009년 정명석 목사의 10년형 판결에서도 피해 여성들이 피해를 당했다는 증거물은 없었고, 피해 여성 중 1명이 거짓 고소했다는 양심선언을 한 바 있다"고 강조하고, "이번에도 피해 여성들이 진술한 피해 시간에 정명석 목사는 다른 일을 하고 있는 영상이 확인됐다. 여성 중 한 명이 제출한 녹취 파일도 원본이 아닌 사본으로서 '이제까지 보지 못한 파일 구조다. 고소인이 사용한 아이폰에서 수집한 대조 파일과 파일 구조가 상이하다'는 국립과학수사연구원의 분석이 나왔다"고 피력했다.

JMS 정명석 목사 관련 보도는 사실과 진실에서 이만큼 차이가 있음이 발견된다. "JMS 정명석 목사가 1만 명 이상을 성폭행했다"는 일부 언론의 보도내용은 이미 전 세계로 타전됐다.

이 내용은 허구인데 사실처럼 알려져 있다. 대한민국은 세계에 내로라하는 민주주의 국가다. 한 개인이 1만 명을 성폭행할 정도로 어수룩한 나라가 결코 아니다.

이후 기독교복음선교회 측은 자신의 교단 창설자인 정명석 목사와 관련된 진실하지 않은 허구의 내용을 교정하는 데 교단의 힘을 집중할 것으로 예상된다. 이 사건과 관련된 진실은 언젠가 명명백백 드러날 것이다. 그래야 JMS 정명석 목사 때문에 세계에 이상한 나라로 알려진 대한민국의 이미지도 깨끗하게 세탁될 수 있을 것이다. 한국인들을 혐오할 수 있는 혐한증(嫌韓症)을 없애는 차원에서라도 법원의 진실한 판결이 요망된다.

"정명석, 억울함 풀고자 한다."

르포작가인 나는 지난 2010년 5월 17일 자 브레이크뉴스에 "정명석 목사의 자연성전 '감동스러운 성전'" 제목의 르포 기사를 게재했었다. 기독교복음선교회 본부가 있는 충남 금산군 진산면 '자연성전'을 현지르포로 취재한 기사였다. 이 기사에서 "지난 5월 15일은 스승의 날, 기독교복음선교회는 이날을 맞아 충남 금산군 진산면 석막리 월명동 자연성전에서 스승의 날 감사축제 행사를 가졌다. 이 교단의 성도들에게 있어 스승이란 '죽음보다 더한 사랑으로 우리를 구원하신 예수'와 '세상의 욕심에 눈이 멀었던 우리를 예수님의 사랑으로 인도해주신 선생님

(정명석)'을 의미한다. 충남 금산군 진산면 석막리 월명동은 정명석 목사의 탄생지. 이곳에 기독교복음선교회라는 교단의 세계 선교본부가 있다. 그리고 일반 기독교회에서 보기 힘든 잘 단장된 40만여 평에 달하는 규모의 야외성전이 있다"고 쓴 바 있다.

기독교복음선교회 관계자는 현 사태에 대해 "어떤 종교 단체보다도 도덕적인 삶을 강조해왔으며, 정명석 목사의 가르침에 따라 자기 몸과 환경을 깨끗하게 지키고 관리하며, 이웃 사랑을 실천하는 건실하고 모범적인 사회인이 되고자 노력해왔다"면서 "고소인들의 주장을 사실 확인 없이 보도해 왜곡된 여론을 형성하는 언론의 가짜뉴스로 인해 마녀사냥을 당하고 있는 전 세계 수만 명의 선교회 회원들은 억울하고 분통한 심정을 감출 길 없어 정당한 방법으로 모든 노력을 다해 정명석 목사와 저희의 억울함을 풀고자 한다"고 밝혔다.

〈후기〉 이 세상에 살고 있는 누구든, 인권 침해(侵害)가 있었다면, 변호를 받을 권리가 보장된다.」

전쟁터에서 살아나와 평화와 예수의 사랑을 말하는 정명석

정명석 관련 왜곡-과장된 기사 때문에, 좋은 세상을 성취해 내는 상상력을 생각해봤다. 불가능(不可能)을 가능으로 만드는 게 창조적인 상상력이다. 나는 서울시 방배동과 암사동에 살 때, 6년여간, 두 동네에서 벌을 키운 적이 있다. 여왕벌은 로열젤리를 먹으면서 조직 수를 유지하려고 매일 알을 낳는다. 일벌들은 날이 훤할 때 꿀을 채취한다. 그래서 분주하게 들락거린다. 벌들의 일생은 생존 그 자체이며, 생태계 식물들(꽃)의 수정을 돕는다.

벌들의 생존목적은 과연 무얼까? 솔직히, 나는 잘 모른다. 여기에 기생해서, 나의 생존목적은 무얼까, 벌들이 왜 살까를 묵상하면서, 나의 생존목적을 나에게 묻는다. 나는 내가 태어나 살고 있는 내 삶의 목적을 이루기 위해 도강(渡江=강 건너기)을 해야만 한다. 불의의 땅에서 정의의 땅으로 이전해야 한다.

그간, 내 삶은 빈한했고, 고통의 연속이었다. 그러하니 풍족한 곳, 무(無) 고통이 있는 곳으로 가야만 한다. 가는 방법은 도강(渡江)이다. 현실이 나쁘다면, 더 좋은 곳을 향해, 강을 건너가야만 한다. 그 동력은 무엇일까? 오직 나만이 가진 창조적인 에너지이다. 현실을 혁파할 나만의 신선한 힘이 있어야만 한다. 나는 과거에 그러했듯이 오늘도 내일도 도강(渡江)전략에 따라 열심히 도강해야만 한다.

내가 벌을 키울 때 관찰한바, 벌들은 멀리 있는 꽃향기를 맡고, 그 꽃 속에 들어있는 꿀을 채취하러 분주히 날갯짓을 한다. 나의 인생도 저 강 건너 풍족한 삶의 새 터전으로, 날갯짓의 연속이어야 한다. 나도 일벌들처럼 달콤한 꿀맛을 봐야 한다. 그리하여 그 달콤함에 젖어 있기를 소망한다. 나는 과거에 그러했듯이 오늘도 내일도 도강(渡江)전략에 따라 도강해야만 한다.

정명석이 그 어떤 덫(트랩=trap)에 걸린, 이번의 사건도 나에게 도강(渡江)의 의지를 심어줬다. 전쟁터에서 살아나와 평화와 예수의 사랑을 말하는 정명석을 무자비하게 대해서는 곤란하다는 생각이 들었다.

그리하여 나는 정명석에게 덧씌워진 과장-왜곡을 더 세차게 변호하려고 노력을 해왔다. 나는 브레이크뉴스 지난 2023년 5월 1일 자 "JMS 정명석 목사 성폭행!… 피해여성 1만 명 명단 공개하면 믿겠다!" 제목은 기사에서 "언론은 정명석 목사 관련 성폭행 사건의 보도에서 더 차분해져야 한다!"고 요망했다. 인용한다.

「만약, 정명석 목사가 "1만 명 이상의 여성을 성폭행했다"고 하면, 수사-재판 과정에서 피해 여성의 명단(리스트)이 나와야 하는 게 옳다. 성폭행 1만 명이라는 숫자는, 단지 피해자 모임의 한 간부 입에서 나온 말에만 의존되는 숫자이며, 이 숫자가 조사의 과정이 없이 공론화됐다. 이 숫자는 피해자가 누구인지의 증거가 없이, 한 반대자의 입에서 나온, 공중에 떠 있는 숫자에 불과하다. 언론 역시 자체 조사의 숫자 보도가 아닌, 허황(虛荒), 그 자체라 할 수 있다.

언론의 보도대로, 정명석 목사에게 성폭행을 당한 여성의 숫자가 "1만 명을 초과 달성했다"라고 한다면? "성폭행 피해 여성의 수가 1만 명을 넘어섰다"는 수치인 것. 이에 대해 기독교복음선교회(JMS) 홍보 관계자는 보도자료를 통해 사실이 아니라고 주장해왔다.

나는 브레이크뉴스 4월 27일 자 "JMS 정명석 목사의 성폭행 사건 왜곡의 실상을 추적" 제목의 칼럼에서 "기독교복음선교회 측은 4월 22일 자 보도자료에서 '아무리 거대 언론이라 할지라도 국민을 기만하는 조작된 보도는 들통나게 마련이다. 1999년, 2002년 보도로 인해 A 언론사는 이미 선교회 측에 손해배상을 한 사실이 있다. B 언론사의 보도는 4년째 소송 중인데 언론사가 재판 기피신청을 해놓고 언론플레이를 하고 있다. 최근 방송을 제작하면서는 선교회 교회에 무단으로 침입해 불법 촬영을 했다'고 지적했다."면서 "그간 비리 제보에 앞장섰던 A 씨에 관해서는 '그가 정명석 목사에게 보내온 반성문과 돈을 요구한 녹취록 등 다수의 증거물을 갖고 있다. 1만 명 이상이 성폭행을 당했다고 주장하지만, 지금까지 DNA 추출 등 실체적 증거를 제시한 사람은 한 명도 없다'고 밝혔다. '2009년 정명석 목사의 10년형 판결에서도 피해 여성들이 피해를 당했다는 증거물은 없었고, 피해 여성 중 1명이 거짓 고소했다는 양심선언을 한 바 있다'고 강조하고, '이번에도 피해 여성들이 진술한 피해 시간에 정명석 목사는 다른 일을 하고 있는 영상이 확인됐다. 여성 중 한 명이 제출한 녹취 파일도 원본이 아닌 사본으로서 '이제까지 보지 못한 파일 구조다. 고소인이 사용한 아이폰에서 수집한 대조 파일과 파일 구조가 상이하다'는 국립과학수사연구원의 분석이 나왔다"고 피력했다고 전한 바 있다.

"정명석 목사 1만 명 성폭행"이라는 내용을 이미 보도한 매체들의 사실 전달 내용과 기독교복음선교회(JMS) 측의 보도자료가 제시한 반론(反論) 사이의 간격(間隔)은 너무 크고도 멀다. 국내 언론들은 정명석 목사에게 성폭행 피해를 당했다는 피해자의 풀 네임(호적에 올라 있는 정확한 이름)을 단 한 명도 밝히지 않았다. 허수(虛數)의 피해자 숫자였다. 기독교복음선교회(JMS) 측은 "언론의 가짜뉴스로 인해 마녀사냥을 당하고 있는 전 세계 수만 명의 선교회 회원들은 억울하고 분통한 심정"이라고 주장했다.

나는 1980년대 후반부, 미국 뉴욕의 맨해튼에서 발행됐던 세계타임스(발행인=경향신문 출신 이형래)의 기자-취재부장-부국장으로 5년간을 재임한 적이 있었다. 이때 뉴욕 맨해튼을 중심으로 뉴욕-뉴저지 등에서 발생했던 각종 사건을 취재-보도했다. 미국에서 발생된 성폭행 사건의 경우, 수사 과정에서 가해자와 피해자의 신분이 나온다. 성폭행 사건도 경찰-검찰의 조사가 마무리되면, 재판부로 넘어간다. 이때 기자들은 가해자-피해자의 인적사항을 취재하게 되며, 보도 시에는 가해-피해자 이름을 적시한다. 성폭행, 미미한 하나의 사건도 모두 이러한 과정을 거쳐서 보도한다.

그런데, 정명석 목사의 성폭행 사건은 어떠한가? 가해자는 정명석 목사 1인이며, 피해자 수가 1만 명이 넘는다고 주장되지만, 피해자 이름을 단 한 명도 적시(摘示)하지 않았다. 유령(幽靈)들이 저지른 사건처럼, 허무맹랑한 사건으로 치부(恥部)된다.

정명석 목사가 교단 내에서 어떤 사건에 휘말렸는지 알 수는 없다. 다만, 나는 "정명석 목사의 성폭행 사건은 사실과 거리가 먼 유령사건일 가능성이 높다."는 것을 예단한다. 언론 매체들의 보도를 보면, 정명석 목사는 1만 명이 넘는 여성을 성폭행한 성(性)폭행범으로 매도됐다. 그러나 피해 여성의 이름이 단 한 명도, 호적상의 완벽한 이름으로 거명(擧名)되지 않았다.

나는 "정명석 목사에게 성폭행을 당한 피해 여성 1만 명의 명단(리스트)이 나온다면, 그때 그가 성(性)폭행범임을 믿을 수 있겠다. 그때까진, 무죄 추정의 원칙에 의해, 정명석 목사의 성폭행 범죄는 '무죄(無罪) 추정' 논리가 우선"이라고 주장한다.

〈후기〉 언론은 정명석 목사 관련 성폭행 사건의 보도에서 더 차분해져야 한다. 전쟁 때, 심리전(心理戰)이란 게 있다. 성폭행이라는 사회적인 사건이 정치 심리전의 대상이어서는 곤란하다. 언론 매체들은 이 사건의 보도에서 언론이 무엇을 잘못했는지를 뒤돌아봐야 한다.」

1만 명을 성폭행(強姦)했다고?
'풀 뜯는 소도 웃을 일…'

　　나는 브레이크뉴스 지난 2023년 5월 1일 자 "정명석 목사가
여성 1만 명을 성폭행(強姦)했다고? '풀 뜯는 소도 웃을 일…'" 제
목의 기사에서 문명(文明) 시대의 비문명(非文明)을 비판했다. 인용
한다.

　　「각종 포털에서 'JMS(정명석)'를 검색하면, JMS 정명석 목사의
성폭행 관련 사건을 다룬 매체명(媒體名)과 기사의 제목이 줄줄
이 떠오른다. 이 가운데, 다수 매체의 제목은 "JMS(정명석)가 여
성 1만 명과 성관계… 목표를 초과 달성했다"라는, 류(類)들이다.
"JMS(정명석)가 여성 1만 명과 성관계… 목표를 초과 달성했다"

라는 제목으로만 이해하면 "JMS의 정명석 목사가 성폭행한 여성들의 숫자가 1만 명을 넘어섰다"로, 읽힌다. 이게 사실이다면? 문명(文明) 시대의 비문명(非文明)이다.

'넷플릭스'는 세계인을 대상으로 하는 거대한 OTT 기업(Over The Top-OTT=인터넷을 통해 다양한 플랫폼으로 사용자가 원할 때 방송을 보여주는 VOD 서비스)이다. 이러한 넷플릭스가 이미 정명석 목사에 관한 성폭행 사건을 다뤘다. 이 사건을 세계로 알려지게 했으며, 크게 이슈화됐다.

나는 이 사건이 글로벌시대에 이슈화된 사건이란 점에서, 합리적인 사고로 상상해본다. 이 사건의 재판 결과에 따라, 한국을 혐오하는 증세인 혐한증(嫌韓症)을 유발할 수 있다는 생각이 든다. 한국인 한 남자가 1만 명 여성을 상대로, 강제 성추행(강간)을 했다면, 글로벌시대 외국인들이 한국 남자들을 어떻게 생각하겠는가? 이를 용납하는 사회-국가가 한국이며, 한국이 그런 미개한 사회-국가라는 관점으로 해석할 수도 있다고 본다.

이와 함께, 강제 성추행의 대상은 여성(女性)들이었다. 법원의 판시(判示)로, 강제 성추행 결과가 사실로 드러난다면? 한국 여성의 약함을 드러낸 사건으로 과장 해석할 수도 있다. 한국 여성들을 얕잡아 볼 수도 있다는 우려가 대두된다. 한국 남자에 대해서는 혐오증을, 여성에 대해서는 약체성(弱體性)을 갖게 할 우려가 있다. 글로벌시대, 이런 우려를 갖게 한다. 이런 상상을 전제로, 이 사건의 피해자 명단(이름들)조차 확인되지 않은, 유령(幽靈)의 사건으로 존재-존치해서는 곤란하다는 지적이다.

나는 브레이크뉴스 4월 27일 자 "JMS 정명석 목사의 성폭행 사건 왜곡의 실상을 추적" 제목의 칼럼에서 "미국 언론의 경우, 성폭행 사건을 보도할 때 폭행자와 피폭행자의 신분을 공개하도록 돼 있다. 정확하게 사건의 행태를 보도한다. 미국식으로 말한다면, '정명석 목사가 1만 명을 성폭행했다' 하면, 수사 단계에서 1만 명의 성폭행 피해자 명단, 일시, 장소 등의 '피해자 리스트'가 작성되어 그 명단이 재판부에 넘어가야 한다. 그런데 정명석 목사가 성폭행했다는 사건에서 지금까지 피해자 이름이 확실하게 나오지 않는 것은 무엇을 의미하는가? 이 사건이 올바른 사건이라면, 정명석 목사에게 성폭행을 당했다는 1만 명의 명단이 공개돼야 한다"고 지적하고 JMS 정명석 목사 관련 보도는 사실과 진실에서 이만큼 차이가 있음이 발견된다. "JMS 정명석 목사가 1만 명 이상을 성폭행했다"는 일부 언론의 보도 내용은 이미 전 세계로 타전됐다. 이 내용은 허구인데 사실처럼 알려져 있다. 대한민국은 세계에 내로라하는 민주주의 국가다. 한 개인이 1만 명을 성폭행할 정도로 어수룩한 나라가 결코 아니다."라고 강조한 바 있다.

정명석 목사가 1만 명 여성을 성폭행(强姦)했다고? 재판 과정에서 정명석 목사에게 강간당한 1만 명의 명단이 공개된다면? 나는, 그때서야 이 사건이 '진실'이라고 믿겠다. 절대로, 그런 일이 일어날 수는 없다. 왜냐? 이 사건은 유령적(幽靈的) 사건, 즉 사실이 아닌, 피해자 숫자가 어마어마하게 부풀려진, 왜곡된 사건이기 때문이다. 들판에서 풀을 뜯는 소도 웃을 일이다.

정명석 목사가 1만 명 여성을 성폭행(强姦)했다, 그게 사실이라면? 그에게 성폭행 피해를 당한, 피해 여성 1만 명의 명단이 공개돼야만 한다.

〈후기〉 내가 정명석 목사 성폭행 관련 내용을 연속 칼럼으로 게재하는 이유는? 언론 매체들이 감정적인 보도에 치우치기보다, 사실 보도(팩트 보도)로 선회하기를 촉구하기 위해서이다. 제대로 된 언론이라면? 사실만을 보도해야 한다. 한국 언론, 국익(國益)을 생각해야 한다. 명확한 팩트(사실) 기사로 승부해야 한다.」

제3장

❧⟡❧

강간당한 1만 명의 명단이
공개된다면?

❧⟡❧

내 눈에 들어온 '빛나는 세상'

강간당한 1만 명의 명단이 공개된다면?

여성 성폭행 1만 명이라는 숫자는? '미확인된 허수(虛數)'

나는 '게릴라(guerrilla)'… "결코 지지 않는다!"

내 눈에 들어온 '빛나는 세상'

　　사람들의 눈은 가까운 곳이 잘 보이는 근시(近視)와 먼 곳이 잘 보이는 원시(遠視)가 있다. 기자들 쓴 기사에도 근시병과 원시병이 있을 수 있다. 그래서 반론(反論)이 필요하다. 정반대의 논조가 필요하다. 원시(遠視)의 눈은 아무리 노력해도 가까이가 잘 안 보인다. 나는 안경의 렌즈를 바꾸고 나서 그 '환함'에 눈물이 난 적이 있다. 주르르, 기쁨, 맑은 전율이 흘렀다. 나는 근시다. 가까운 곳만 잘 볼 수 있다. 그래서 근시용 안경을 착용하며 살아왔다. 지난 2023년 9월 2일 안경의 렌즈를 교체했다. 그래서 사물이 맑게 보였다. 2023년 9월 7일~8일 아침 출근길. 햇살 비추이는 온 세상이 맑아 보였다. 그 '환함'에 눈물이 났다. 주르르… 기쁨, 맑은 느낌의 전율이 흘렀다. 내가 숨 쉬고 있는 이 세상이 너무나도 빛나, 도심의 마천루 건물들이 인간의 위대함을 웅변

해줬다. 내 눈에 들어온 '빛나는 세상'. 왜? 나는 그 시간에 눈물을 흘렸을까? #답="살아있음은 그냥그냥 아름다운 일이니까…"

근시병에 걸린 기자가 쓴 먼 거리 관련 기사가 잘못될 수도 있다. 반대로 원시병에 걸린 기자가 쓴 가까운 곳은 기사가 잘못될 개연성도 있다. 나는 이런 데 도전했다.

나는 브레이크뉴스 지난 2023년 5월 3일 자 "'1만 명 여성 성폭행'…"JMS 정명석 목사는 날벼락 맞았다!" 제목의 기사에서 "JMS 정명석 목사가 '1만 명을 성폭행했다'는 보도내용 가운데 '피해 여성 1만 명'은 아예 존재하지 않은 허수(虛數)"라고, 거세게 공박(攻駁)했다. 인용한다.

「가끔씩 벼락을 맞은 사람들 이야기가 사람들의 입에서 오르내린다. 회자(膾炙)된다. 벼락은 전압이 10억 볼트(순간 온도 2만 7000도)에 달하는, 순간에 흐르는 고압 전기. 사람이 이러한 번개에 맞을 확률은 6백만 분의 1이라고 한다. 실제로 일어나기 아주 어려운 자연 현상 즉, 아주 희박한 현상이다. 벼락 맞은 사람들이 자신의 신체를 공개했는데, 몸 어딘가에 '번개 꽃'이 상처(자국)로 남았다. 벼락을 맞고 생존한 이들은 그 순간을 "전자레인지에서 요리되는 기분"이라고 표현했다.

나는 기독교복음선교회(JMS) "정명석 목사가 1만 명을 성폭행

(강간)했다"는 언론들의 최근 보도에 대해 "언론에 의해 날벼락을 맞은 사람"이라고 표현하련다.

어느 날, 나는 아는 교수와 전화 통화를 했었다. '넷플릭스'라는 세계인을 대상으로 하는 거대한 OTT 기업(Over The Top-OTT=인터넷을 통해 다양한 플랫폼으로 사용자가 원할 때 방송을 보여주는 VOD 서비스)이 JMS 정명석 목사 관련 프로를 방영한 이후였다. 대화 중, 그 교수의 입에서 아주 자연스럽게 "정명석 목사는 1만 명의 여성을 성폭행(강간)했다는데…"라는 말이 나왔다. 기독교복음선교회(JMS) 정명석 목사의 1만 명 성폭행은 이처럼 사회적인 인지(認知) 언어로 존재하고 있었다.

"JMS 정명석 목사가 1만 명을 성폭행했다" 류(類)의 기사를 내보낸 언론 매체의 수는 수십 개에 달한다. 어느 한 방송이 JMS 전 신도와의 인터뷰를 내보냈는데, 이 인터뷰에서 JMS 정명석 목사가 성폭행한 여성의 수가 "1만 명을 초과 달성했을 것"이라는 막연한 주장을 폈다. 이 주장은 사실(팩트)이 뒷받침되지 않은, 허풍(虛風) 같은 것이었다.

여기에서 사실이란? "JMS 정명석 목사가 1만 명을 성폭행했다" 하면, 성폭행을 당한 피해자가 조사되고, 그 리스트가 성폭행 사실을 뒷받침할 수 있어야 하는데, 그런 리스트는 원래 존재하지 않는 허수(虛數)였다. "JMS 정명석 목사가 1만 명 성폭행했다"는 쇼킹한 뉴스 속으로 들어가면, 1만 명 리스트(名單)는 아예 존재하지 않는다는 사실을 알 수 있다.

나는 브레이크뉴스 지난 2023년 4월 22일 자 "JMS 정명석 목사와 관련된 과장-허황된 보도내용의 실체… '진실은 따로 있다?'" 제목의 기사에서 "미국 언론의 경우, 성폭행 사건을 보도할 때 폭행자와 피폭행자의 신분을 공개하도록 돼 있다. 정확하게 사건의 행태를 보도한다. 미국식으로 말한다면, '정명석 총재가 1만 명을 성폭행했다' 하면, 수사 단계에서 1만 명의 성폭행 피해자 명단, 일시, 장소 등의 '피해자 리스트'가 작성되어 그 명단이 재판부에 넘어가야 한다. 그런데 정명석 목사가 성폭행했다는 사건에서 지금까지 피해자 이름이 확실하게 나오지 않는 것은 무엇을 의미하는가? 이 사건이 올바른 사건이라면, 정명석 목사에게 성폭행을 당했다는 1만 명의 명단이 공개돼야 한다."고 지적했다.

이어 JMS 정명석 목사 측이 주장하는 내용을 반론으로 게재했다. JMS 정명석 목사 측은 "2009년 정명석 목사의 10년형 판결에서도 피해 여성들이 피해를 당했다는 증거물은 없었고, 피해 여성 중 1명이 거짓 고소했다는 양심선언을 한 바 있다"고 강조하고 "이번(2022년)에도 피해 여성들이 진술한 피해 시간에 정명석 목사는 다른 일을 하고 있는 영상이 확인됐다. 여성 중

한 명이 제출한 녹취 파일도 원본이 아닌 사본으로서 '이제까지 보지 못한 파일 구조다. 고소인이 사용한 아이폰에서 수집한 대조 파일과 파일 구조가 상이하다.'는 국립과학수사연구원의 분석이 나왔다."고, 피력했다.

자연 현상의 하나인 벼락은 우기(雨氣)에도 떨어지지만, 햇볕이 쨍쨍 내리쬐는 한낮에도 떨어진다. 나는 "JMS 정명석 목사는 한국의 일부 언론들과 '넷플릭스'에 의해 날벼락을 맞은 목사(성직자)"라고 결론을 내린다. JMS 정명석 목사가 "1만 명을 성폭행했다"는 보도내용 가운데 피해 여성 1만 명은 아예 존재하지 않은 허수(虛數)이기 때문. 도저히 일어날 수 없는 일이 일어났다, 일어나서는 안 될 일이 일어났다. 성폭행 피해자 총 숫자 1만 명은 유령(幽靈)의 숫자이다.

나는 "정명석 목사 1만 명 성폭행" 주장은, 언론이 만들어낸 번개에 의해 '날벼락(사전의 의미=느닷없이 치는 벼락)'을 맞은 사건이라고 정의(定意)한다. "사람이 번개에 맞을 확률은 6백만 분의 1"이라고 한다. 정명석 목사의 1만 명 성폭행은 언론에 의해 사실처럼 오도(誤導)됐다. 이 보도 사건은 확률에서 사람이 번개에 맞을 확률보다 더 희귀한 사건일 수 있다. 나의 이런 주장에 오류(誤謬)가 있다면, 지금 당장에라도 1만 명 성폭행 피해자의 리스트(명단)를 세상에 공개하면 된다.

그러나 이 성폭행 피해자 1만 명 명단(리스트)은 앞으로 나오지 않을 것임을 예단한다. 왜? 허수(虛數)니까. 나는 성폭행 피해자 리스트(명단)를 공개하면, 공개하는 그 즉시, 앞에서 밝힌 모든 주장을 거둬들이겠다. 이후, 기독교복음선교회(JMS)-정명석 목사와 이 성폭행 사건을 보도해온 언론 매체 간의 법정 투쟁은 예고돼 있다.」

　나는 브레이크뉴스 지난 2023년 5월 4일 자 "성폭행!… 피해 여성 1만 명 명단 공개하면 믿겠다!" 제목의 기사에서 "정명석 목사가 1만 명 여성을 성폭행(强姦)했다, 사실이라면? 피해 여성 1만 명 명단이 공개돼야만 한다!"고 촉구했다. 인용한다.

　「나는 최근 국제적으로 이슈가 된 한국의 기독교복음선교회(JMS) 정명석 목사의 1만 명 성폭행(强姦) 관련 칼럼을 연속으로 내보냈다. 이번이 '따지고 밝히기' 6회째이다. 내가 연속으로 칼럼을 내보내는 이유는 간단하다. 정명석 목사가 여성 1만 명을 성폭행했다는 것은 그가 한국인 성직자이기 때문에 "한국 여성 1만 명이 한 남자에 의해서 성폭행을 당했다"와 문맥이 상통한다. 이 사건은 단지 정명석 목사 1인에 국한된, 단순한 문제가 아니라는 사실이다.」

강간당한 1만 명의 명단이 공개된다면?

　나는 브레이크뉴스 지난 5월 1일 자 "정명석 목사가 여성 1만 명을 성폭행(强姦)했다고? '풀 뜯는 소도 웃을 일…'"이라는 제목의 칼럼에서 "정명석 목사가 1만 명 여성을 성폭행(强姦)했다고? 재판 과정에서 정명석 목사에게 강간당한 1만 명의 명단이 공개된다면? 나는, 그때서야 이 사건이 '진실'이라고 믿겠다. 절대로, 그런 일이 일어날 수는 없다. 왜냐? 이 사건은 유령적(幽靈的) 사건, 즉 사실이 아닌, 피해자 숫자가 어마어마하게 부풀려진, 왜곡된 사건이기 때문이다. 들판에서 풀을 뜯는 소도 웃을 일이다!"면서 "정명석 목사가 1만 명 여성을 성폭행(强姦)했다, 그게 사실이라면? 그에게 성폭행 피해를 당한, 피해 여성 1만 명의 명단이 공개돼야만 한다"고 주장했다.

　또한, 이 날짜 "JMS 정명석 목사 성폭행!…피해 여성 1만 명 명단 공개하면 믿겠다!" 제목의 칼럼에서는 "가해자는 정명석 목사 1인이며, 피해자 수가 1만 명이 넘는다고 주장되지만, 피해자 이름을 단 한 명도 적시(摘示)하지 않았다. 유령(幽靈)들이 저지른 사건처럼, 허무맹랑한 사건으로 치부(恥部)된다. 정명석 목사가 교단 내에서 어떤 사건에 휘말렸는지 알 수는 없다. 다만, 나는 '정명석 목사의 성폭행 사건은 사실과 거리가 먼 유령사건일 가능성이 높다.' 결론을 제시한다. 언론 매체들의 보도를 보면, 정명석 목사는 1만 명이 넘는 여성을 성폭행한 성폭행범(性暴行犯)으로 매도됐다. 그러나 피해 여성의 이름이 단 한 명도, 호적상의 완벽한 이름으로 거명(擧名)되지 않았다"고 썼다.

그리고 나는 이 글에서 "정명석 목사에게 성폭행을 당한 피해 여성 1만 명의 명단(리스트)이 나온다면, 그때 그가 성(性)폭행범임을 믿을 수 있겠다. 그때까진, 무죄 추정의 원칙에 의해, 정명석 목사의 성폭행 범죄는 '무죄(無罪) 추정' 논리가 우선"이라고 덧붙였다.

나는 지난 50년간 기자 생활을 하면서, 한때 수년간 한국 편집아카데미에서 기자 취재론을 강의한 적이 있다. 물론 나는 한국 언론계의 변방이랄 수 있는 비주류(非主流)임을 자처한다. 기자 수업 때 "논쟁이 유발될 수 있는 기삿거리에 대해서는 반론권(反論權)이 확실하게 주어져야 한다"고 가르쳤다.

이쯤 해서 나는 나의 두 손을 복사기 위에 올려놓은 사진을 공개한다. 나의 손가락은 유난히 길다. 키가 크기 때문이다. 이 사진을 게재하는 것은, 손금을 봐달라는 호소가 결코 아니다. 그럼, 왜 손 사진을 공개하나? 기자론(記者論)을 가르칠 때, 기자 교육을 받는 신입 기자들에게 두 손을 보이면서 "왼손만큼 비판(批判)을 했으면, 오른손만큼 반론권(反論權)을 주라"고 이야기했었다. 이 글, 정명석 목사의 1만 명 성폭행 관련 기사는, 50년 기자 생활을 해온 나에게도 포함되는 이야기임을 전제로 한다. 기자는 기사를 쓰면서 비판을 했으면, 그에 합당한 수준의 반론(反論) 기회를 주어야만 한다.

정명석 목사가 여성 1만 명을 성폭행했다는, 더 나아가 이 숫자를 초과한다는 한국 신문들의 기사는, 반론권이 주어지지 않은 '일방적인 비판 기사들'이었다. 전쟁터에서 적진을 향해 진군하는 탱크처럼, 거짓을 밀어붙였다. 신문 기자는 결코 총칼을 든 군인이어서는 곤란하다.

나는 다시금 아래 주장의 글을 쓴다. "정명석 목사가 1만 명 여성을 성폭행(强姦)했다, 그게 사실이라면? 그에게 성폭행 피해를 당한, 피해 여성 1만 명의 명단이 공개돼야만 한다." 그게 아니라면? 이 기사들(정명석 목사, 여성 1만 명 성폭행)은 거짓이다.」

나는 1990년부터 1993년까지 토요신문에 근무했었고, 편집

국장을 지냈다. 이때 채명신 전 주월사령관과 인터뷰 했다.

그는 서울시 용산구 후암동에서 살았다. 집 안에 작은 잔디밭 정원이 있는 2층 양옥집이었다.

채명신 전 주월사령관은 "박정희 대통령이 나를 전폭적으로 지지하지 않았다"고 말문을 열었다. 민심 가운데는 채명신 전 주월사령관을 국가의 최고 지도자로 지지하는 분위기가 있었다. 박정희 이후의 정치 지도자감으로 추앙하는 분위기도 있었다.

"나는 박정희 장군과 혁명을 같이한 장군입니다. 정치에 큰 관심이 없었지만, 장기집권에 눈이 어두워서였는지 나에게도 간접적인 탄압을 가했습니다."

채명신 전 주월사령관은 한국군이 월남전 파병되어 5,000여 명이 사망한 것을 두고, 죄책감에 시달리고 있다고 말했다. 나는 그의 몸에 배어있는, 먼저 간 전우에 대한 애잔해함을 읽을 수 있었다.

"장군님 그러시면, 사후에 내 시신을 국립묘지에 있는 사병 묘비에 묻어달라고 하세요."

나의 조언이 통했는지, 채명신 장군은 지금도 사병묘역에 묻혀있다.

정명석은 월남 파병 용사인데 올해 사건화되면서, 침잠(沈潛) 되었던 채명신 장군의 웅혼(雄渾)을 불러냈다.

여성 성폭행 1만 명이라는 숫자는?
'미확인된 허수(虛數)'

나는 브레이크뉴스 2023년 5월 5일 자 "정명석 목사는 베트남전 참전용사 출신… 언론의 무책임한 폭로(暴露), 중단돼야!" 제목의 기사에서 "언론 매체에 보도된, 정명석 목사 여성 성폭행 1만 명이라는 숫자는 미확인된 허수(虛數)"라고 주장했다. 인용한다.

「정명석 목사가 설립한 기독교복음선교회는 한국 산(韓國 産) 기독교계 개신교단(Christian Protestant denomination)이다. 새 교단의 하나이다. 조용기 목사가 개척했던 여의도순복음교회와 다를 바 없다. 이 교단의 신도는 얼마나 될까? 이들 신앙인

가운데는, 국가 사회가 만족시켜 주지 못할 때, 이 신앙에 귀의 활동해온 이들이 있을 수 있다. 그 숫자가 만만찮다. 지난 2008~2018년, 정명석 목사가 수감생활을 할 때 교인 수가 늘어났다는 게 교단 관계자의 설명이다. 이 교단의 한 관계자는 전 세계 신도가 7만여 명(정부 통계로는 1만 명 미만)이라고 주장한다. 한 가족을 3명으로 친다면 21만여 명이 신앙공동체의 영향권에 살고 있는 셈이다.

기독교복음선교회의 공식 홈페이지는 이 교단의 창립자인 정명석 목사를 자세하게 소개해 놨다. 이 글을 통해 "정명석 목사는 1945년 3월 16일 새벽, 충남 금산의 월명동에서 6남 1녀 중 3남으로 태어났다. 11세부터 성자 주님의 음성을 듣기 시작했다. 지독한 가난으로 삶의 의미를 찾으며 15세부터 집 근처 채광굴에서 기도했다. 주경야독으로 낮에는 부모님을 도와 농사일을, 밤에는 성경을 읽으며 기도했다. 오랜 기도 끝에 드디어 주님을 만났다. 열렬한 사랑에 빠졌다"면서 "1966년 입대 후 두 차례 베트남전(戰)에 자원으로 참전했다. 38개월의 군 복무를 마치고 훈장을 받았다. 참전으로 받은 포상금은, 고향 땅 석막교회를 건축하는 데 모두 바쳤다. 군 전역 후에는 더욱 기도와 전도 생활에 전력했다. 성자와 함께 천국과 지옥, 영의 세계를 다녔다. 영혼의 가치를 깨달았다. 금산과 진산, 대전, 전주, 서울 등을 돌며 거지들을 찾아 봉사하고 아픈 사람들에게 기도해주며 전도했다. 때로는 차비가 없어 수십 리를 걸어 다녔다. 근본의 말씀을 깨닫기 위해 40일 금식하고 70일을 절식하며 몸부림으로 기도했다. 하나님의 슬픈 한과 심정을 깨닫고 수십 일을 울었다. 한여름 대둔산으로 올라 기도를 시작하면, 한겨울 눈사람이 되기까지 기도했다"고 소개했다.

이어 "1978년 5월 말, 주님이 때가 되었다고 하셨다. 고향을 떠나기 직전에 어머니께 축복의 기도를 받았다. 목 뒤로 어머니의 눈물이 떨어져 흘러내렸다. 뜨겁고 뜨거웠다. 주님은 앞으로의 고생길을 암시하며 말씀하셨다. '칼이 네 가슴을 찌르듯 하리라' 상경 후 '하나님의 시대의 말씀'으로 선교를 시작했다. 처음엔 1평 남짓한 방에서 옹기종기 모여 말씀을 전했으나 10여 년 만에 2만 명의 젊은 영혼들이 선생을 따랐다"고 전했다.

나는 브레이크뉴스에 '따지고 밝히기'라는 부제를 단 칼럼을 7번이나 게재한 바 있다. 그래도 몇 가지 첨언할 내용들이 있다.

일본의 기독교 사상가이자 무교회주의(無敎會主義) 창시자였던 우찌무라 간조(內村鑑三, 1861~1930년)는 자연교회를 예찬했다. 벽돌을 쌓아 만든 건물로서의 교회보다는 성경 속의 내용을 실천하는 자연교회를 더 숭상했다. 정명석 목사가 충남 금산군 월명동에 세운 기독교복음선교회(JMS) 세계본부 자리는 자연교회이

다. 모두 47만 평, 대규모의 자연교회인 것. JMS의 월명동 교회
는 자연교회이며, JMS 신도들은 성경을 실천하는 자리가 더 신
앙의 가치가 있음을 믿고 있다.

기독교는 지난 2,000년 간 사회적인 매를 맞으면서 성장해온
종교. 비참한, 순교를 당하기도 했다. 기독교복음선교회도 기독
교와 궤를 같이하고 있는 형국(形局)이다. 창설자인 정명석 목사
의 수난이 이어지면서 교단의 번창-성장에너지로 환치(換置)됐
기 때문이다. 교인 수 7만여 명 가운데, 20~30 연령대의 교인
들이 주류 교인이라고 한다. JMS와 관련, 이러저러한 말썽이 잔
존하고 있지만, 한국산 기독교계 교단으로서 상당 부분 세계선
교에 성공한 것으로 보여진다. 특히 정명석 목사는 목숨이 위태
로운 베트남전(戰)에 자진 참전했던 용사 출신이다. 참전이라는,
국가의 부름에 응했던, 애국적인 용사 출신이다. 그가 일으켜
세운 교단, 국가의 자산화(資産化) 쪽으로 계도(啓導)해가는 정책이
아쉽다. 여의도순복음교회도 이단 취급 과정을 거쳐 정통교단
에 입성했음을 상기할 필요가 있다.

기독교에는 메시아론이 있다. 모든 개신교단은 예수를 메시
아로 믿어왔다. 정명석 목사의 경우는 어떠한가? 그는 지난 40
여 년간 '예수님이 곧 메시아'라고 가르쳤다. 2천여 년 전 유대
땅에 왔다 승천했다는 재림할 예수를 믿어온 것. 메시아는 오직

예수이므로 정명석 목사는 메시아가 아니라고 주장해왔다. 그러나 일면, 정명석 목사를 메시아라고도 한다. '예수=메시아 개념과 정명석=메시아 개념'은 다르다. 이 교단 관계자는 "누구나 자신의 구원자(=메시아)가 될 수 있고, 다른 사람의 구원자가 될 수 있다. 정명석 목사는 '하나님의 책임 90%가 있고, 인간의 책임 10%가 있다, 이것이 합쳐서 100%가 되었을 때 구원의 역사가 완성된다'고 가르쳐왔다. 물에 빠진 사람을 구해주면 그가 그 사람의 구원자이듯이 구원의 일을 하는 자는 누구나 구원자(=메시아)라고 주장한다."

나는 지속적으로 JMS 정명석 목사가 여성 1만 명을 성폭행(强姦)했다는 류(類)의 언론 매체 보도 기사에서 나온 1만 명이라는 숫자는 미확인된 허수(虛數)임을 지적했다. 명명백백(明明白白), 사실과 동떨어진 과장 내용의 보도인 것이다. 이 내용은 한 한국인 남성이 여성 1만 명을 성폭행(强姦)했다로 읽힐 것이다. 글로벌시대, 극도의 혐한증(嫌韓證=한국인을 혐오하는 감정)을 만들어낼 우려가 있다. 언론도 무책임한 폭로성(暴露性)을 지양, 과장-왜곡했던 과오를 털어내야만 한다.

기독교복음선교회(JMS) 측의 이미 왜곡-가짜 보도를 한 언론 또는 영상기업을 향한 반격이 예상된다. 그 반격이란, 언론사-넷플릭스 등 세계적인 기업을 상대로 한 100~200억 규모의 손해배상 청구를 뜻한다. JMS 측의 한 홍보 관계자는 "조작 보도-과장 보도를 바로잡기 위해 언론사-기자를 상대로 손해배상 청구 소송을 준비 중"이라고 밝혔다.

어느 집단이든지 작용(作用)과 반작용(反作用)이 있게 마련이다. JMS를 반대하는 일부 단체들이 제기하는 JMS가 안고 있는 내부의 문제점이나 가혹한 비판을 JMS 교단이 적극적으로 개선(改善)해 나가는 뼈아픈 자성(自省)과 노력이 필요한 듯하다.

기독교복음선교회 관계자에 따르면, 이 교단은 현재 70일 기도 기간 중이라고 한다. 세상의 오해에 대해 오직 하나님께 억울함을 하소연하는 한편 자신을 돌아보는 자성(自省)의 시간을 갖고 있다고 한다. 이미 기독교복음선교회는 거대해진 신앙공동체, 신앙인들로서 가장 근본적인 문제는 자기 자신에게 있다는 겸허한 자세 앞에 누가 돌을 던질 수 있으랴!

나는 '게릴라(guerrilla)'…
"결코 지지 않는다!"

나는 한국 주간신문-인터넷 신문 업계에서 긴 기간, 발행 핵심자 중의 한 명으로 살아왔다. 토요신문-일요서울의 편집국장을 지냈다. 이어 주간 현대(1997년 창간)-사건의 내막(1998년 창간)의 발행인-오너로서 26년을 지냈다. 32년간, 주간신문의 발행에 직접 참여해 왔었다. 브레이크뉴스 발행인으로 20년을 보냈다. 인터넷 신문도 어찌 보면, 게릴라적 특성을 지녔다.

이 생활을 뒤돌아보면, 군대와 비교하면, 정규군이 아닌 게릴라 군인처럼 살아온 감이 있다. 주간신문은 주간 단위로 발행되는 신문이다. 그러하니 대규모 취재 인력을 갖춘 신문사나 방송사가 아니었다. 주간신문은 주간 단위의 뉴스나 정보를 취급하는 매체이다. 한 주일 중 가장 이슈가 되는 건을 골라 집중적으로 취재하는 형태를 띠기도 했다.

인터넷 신문은 속보가 생명이다. 그러하니 게릴라전(guerrilla warfare)에 비유할 수 있지 않을까? 특히 주간신문사-인터넷 신문사의 운영은 거대 규모의 자금이 소요되는 게 아니었다. 자금 소요 면에서도 게릴라전과 유사했다.

사회학 사전은 '게릴라전(guerrilla warfare)'에 대해 "적대자를 파괴하기보다는 오히려 괴롭히기 위해서 고안된 소규모의 지상전 작전이다. 게릴라는 열대의 정글이나 고도로 발전된 도심에서 심각하게 영향을 미칠 수 있다"면서 "군사적 사건이 고도로 공식화된 사회에서는, 오랜 기간 동안 대규모 게릴라 전력의 사용은 정치적 변화뿐만 아니라 사회적 변화에도 중요한 결과를 초래할 수 있다"고 그 의미를 설명하고 있다. "게릴라 방법은 미국 혁명에서 프란시스 마리온(Francis Marion)과 2차 세계대전에서 티토(Tito)의 유고슬라비아 농민, 동남아시아에서 베트남 혁명 등에 의해 실행되었다"고 덧붙인다.

두산백과는 게릴라전을 "소규모 전투를 뜻하는 에스파냐어(語)에서 비롯된 말이며, 원래는 19세기 초 나폴레옹군의 침입에 대항하여 스페인 국민이 각지에서 일으킨 저항전을 가리켰다. 그러나 게릴라 전술 자체는 구약성서 시대에 이미 존재하였다"

라고, 소개하고 있다.

나는 지난 1990년부터 1993년 사이에 채명신 전 주월사령관(1965~1969년 주월사령관 재임. 중장)을 만나 여러 차례 단독 인터뷰를 가진 바 있다. 채명신 장군(1926~2013)은 6·25 전쟁에도 참여했던 군인 출신이었다. 그는 게릴라 전략 전술에 조예가 깊은 장군이었다. 그는 나와의 인터뷰에서 "실제로 6·25 전쟁과 베트남 전쟁 때 게릴라 부대를 운용했고, 참여했었다"고 밝힌 바 있다.

정명석은 월남전에 두 번이나 참전했던 참전용사 출신이다. 아마 그 역시 게릴라 전술에 능한 군인 출신일 수 있다. 게릴라전의 의미 가운데 "열대의 정글이나 고도로 발전된 도심에서 심각하게 영향을 미칠 수 있다"는 부분이 있다. 그는 성경을 믿는 이로써, 인류의 미래를 걱정하는 게릴라일 수 있다.

이와 마찬가지로, 나는 한국의 주간신문-인터넷 신문 발행인으로서, 그동안 사회 각 부분에 큰 영향을 끼쳐오기도 했다. 대한민국을 자유 민주주의와 자본주의 국가로 만드는데 필요한 이념의 씨를 뿌리고 가꾸는데 기여했다.

주간신문-인터넷 신문 업계에 오랜 기간 종사해왔던 일을 게릴라전에 비유할 수 있다면? 미국의 전 국무장관이었던 키신저는 베트남 전쟁의 종전 협상자였다. 그는 미국-베트남 간의 전쟁과 관련 "정규전은 이기지 않으면 패배한다, 그러나 게릴라전은 지지 않으면 이긴다"고 말한 바 있다. 게릴라전은 지지 않으면 이긴다고 말했다.

나는 주간신문-인터넷 신문의 인생, 결코 지지는 않았다. 나는 취재를 위해 한국 사회를 비집고 다녔던, 언론 게릴라(guerrilla) 중의 한 명이었다. 이후, 나와 같은, 더 많은 언론 게릴라의 출현을 기대한다. 민주주의의 핵인 '언론자유의 확보'를 위한 용맹스런 게릴라의 출현을 소망한다.

정명석. 그도 키신저처럼, 또는 나처럼 "지지 않으면 이긴다"는 소신을 가진 게릴라라고 단언(斷言)한다. 그는 인류사회의 전쟁을 없애고 평화를 가져다주려 했던 게릴라였다.

제4장

언론은 정명석 관련 보도에서 차분해져야

재판이란, 피고와 원고가 벌이는 진실 싸움

언론은 정명석 관련 보도에서 차분해져야

기독교복음선교회 평화시위로 교세 과시

교인들의 장외 투쟁 참가인원 계속해서 늘어나

평화시위의 요구사항 '재판, 여론 아닌 증거재판주의로 가야'

'담당 판사 기피신청'…재판부, 수용하지 않았다!

재판이란,
피고와 원고가 벌이는 진실 싸움

원래 재판이란, 피고와 원고가 벌이는 진실 싸움이다. 정명석 사건도 본질은 같다. 고소인들의 고소장에 기록된 내용과 피고인들의 변론이 맞붙는다.

기독교복음선교회 측은 정명석 목사 사건과 관련, 처음에는 재판의 진행 과정에서 파생된 불합리한 것들을 지적하는 일들을 이어 나갔다.

나는 브레이크뉴스 지난 2023년 5월 12일 자 "JMS 정명석 목사 여신도 준㈜ 강간 혐의재판 '핵심증거 녹취 파일이 쟁점'" 제목의 기사에서, 피해 상황을 녹음한 "휴대폰 팔았다"…재판부="녹취 파일 비공개 청취, 판례 고려해서 판결" 부제의 글을 내보냈다. 인용한다.

「기독교복음선교회(일명 JMS) 정명석(78) 씨의 여신도 '준(準) 강간 혐의(사람의 심신상실 또는 항거불능의 상태를 이용하여 간음 또는 추행함으로써 성립하는 범죄)'를 다투는 재판(대전지방법원 형사12부)에서 핵심 쟁점이 되고 있는 '녹취 파일 증거능력 및 조작 여부'가 초미의 관심사다.

지난 2023년 5월 16일, 이 사건에 관한 공판이 진행됐다. 재판부는 이전 공판에서 "다음 공판에서 녹취 파일을 비공개 청취하고, 판례를 고려해서 판결하겠다"고 결정, 이 공판에 관심이 쏠렸다.

이 사건과 관련, 홍콩 국적 여성 M 씨(28)가 법원에 증거로 제시한 녹취 파일의 증거능력에 대해 검찰과 피고 측 변호인 사이 논쟁이 가열 중. 원고 측의 유일한 물적 증거로 재판부에 제출된 녹취 파일이 증거가 되는지 안 되는지의 논란이 이어졌다.

피고 측이 제시한 이 사건의 '핵심증거 녹취 파일' 쟁점을 분석한 자료에 따르면, 녹취 파일의 증거 채택 문제가 쟁점이다. 이 교단 측이 낸 아래 내용의 분석 자료는 언론 보도(《중도일보》 4월 18일 자 보도 참조)를 근간으로 작성됐다. 이 자료는 "원고 M 씨가 피해를 당할 때 녹음했다는 녹취 파일은 이번 사건에서 중요한 증거로 재판부에 제출됐다. M 씨가 녹음할 때 사용한 휴대폰을 판매했다고 진술했기 때문에 실물이 남아 있지 않은 상황에서, 아이클라우드에 보관 중이던 파일이 원본으로 여겨졌다. 그러나 이 녹취 파일은 법정 시연 직전에 수사관 실수로 삭제됐다"면서 "대전지방법원 형사12부 심리로 열렸던, 지난 2023년 4월 3일 열린 7번째 공판에서 원고 M 씨의 증인 신문 때 재판부 앞에서 클라우드에 접속해 녹취 파일을 내려받는 과정을 시연할 예정이었으나 성사되지 않았다. 예상치 못한 삭제 사건이 일어나 불발됐다고 한다. 이날 공판 당일 오전, 시연을 준비하기 위해 고소인 측 변호인과 경찰 수사관이 클라우드를 조작하던 중 버튼을 잘못 눌러 녹취 파일이 삭제됐다는 게 검찰 측의 해명"이라고 밝혔다.

이어 "검찰은 삭제 전 클라우드 상의 파일과 동일성을 입증한 녹취 파일을 법원에 제출해 증거능력에는 문제가 없다는 입장이나, 원고의 유일한 증거인 녹취 파일을 포렌식 전문 수사관에게 조작을 맡기지 않아 삭제에 이르게 됐고, 편집·조작 가능성에 대한 논란을 피할 수 없게 됐다. 4월 18일 속행된 8차 공판에서 녹취 파일 검증절차를 진행할 예정이었다. 이때 피고 측 변호인들은 '원본 파일이 없어 증거능력이 인정되는 데 문제가 있다'고 지적했다. '검증절차를 진행하는 데 있어 비전문가인 변호인이 청취만으로 조작 여부를 판단할 수 없으므로, 디지털 포렌식 전문가를 증인으로 소환해 녹취 복사본에 증거능력이 있는지 확인한 뒤 증거능력 인정될 때 법정 청취를 하자'라고 요구했다."고 소개하고 "피고 측 한 변호인은 '원본 파일에 가장 가까운 파일이 삭제됐고, 아이클라우드에 있는 파일과(법원에 제출된 녹취 복사본 사이) 동일성을 확인해야 한다'라며 '주파수 영역이나 녹음의 연속성 등 인위적 편집 여부는 청취만 해서는 파악할 수 없어 검찰이 제출한 파일을 복사할 수 있도록 요청하는 것'이라고 밝혔다."고 피력했다.

또 다른 피고 측 변호인은 "전자매체의 원본과 사본의 동일성을 검증하기 위해서는 최초 어떤 기계에서 어떻게 녹음되었는지 파악할 수 있어야 하나, 지금은 그러한 조건이 충족되지 않는다"라고 지적했다.

검찰 측은 클라우드 상에서 녹취 파일이 삭제된 것에 대해 이날 법정에서 별도의 의견을 개진하지 않았다. 다만, 피고 측 변호인들이 녹취 청취를 지연하고 있다고 지적했다. 이와 관련, 재판부는 "나중에 전문가를 개입시킬지 검토해보겠다, 조작이 됐다면 어떤 부분이 조작됐는지 피고인이 확인해서 말해 달라"면서 "5월 16일 공판 때 녹취 파일을 비공개 청취하고, 판례를 고려해서 판결하겠다"고 결정한 바 있다.

중도일보 지난 2023년 4월 18일 자는 "JMS 성폭력 피해자 녹취록 증거능력 검증…구속 연장 검토" 제목의 기사에서 "대전지방법원 형사12부 심리로 열린 기독교복음선교회(일명 JMS) 정명석(78) 씨의 여신도 준강간 혐의 8번째 공판에서 검찰이 제출한 녹취록이 쟁점으로 떠올랐다. 성폭력 피해자 홍콩 국적의 여신도 A(28) 씨가 정명석 씨로부터 기소된 혐의 피해를 당할 때 녹음한 것으로 이번 사건에서 중요한 물적 증거로 재판부에 제출됐다. A 씨가 녹음할 때 사용한 휴대폰의 실물은 남아 있지 않은 상황에서, 가상의 저장 공간인 클라우드에 보관 중인 파일이 원본으로 여겨졌다"고 보도하고 "그러나 지난 3일 피해자 A 씨가 법정에 출석해 증인 신문 때 재판부 앞에서 녹취록 시연을 준비하는 과정에서 삭제됐다. 당일 오전 피해자 측 변호인과 경찰 수사관이 클라우드를 조작하던 중 버튼을 잘못 눌러 녹취가 삭제됐다는 것이 검찰 측 설명이다."고 알렸다.

중도일보는 지난 2023년 4월 18일 자 "JMS 성폭력 피해자 녹취록 증거능력 검증…구속 연장 검토" 제목의 기사에서 "재판부는 5월 16일 공판 때 비공개로 진행되는 법정에서 녹취 파일을 청취하면서 편집됐거나, 사실과 다른 부분이 있는지 확인하는 검증절차를 진행하겠다고 결정했다"고 보도했다.

이런 류(類)의 사건에 대해 대법원은 이미 판시한 바 있다. 대법원은 지난 2015년 전원합의체를 통해, 대화 내용을 녹음한 파일 등의 전자매체는 녹음자의 의도나 특정한 기술에 의하여 내용이 편집·조작될 위험성이 있음을 고려해 복사 과정에서 편집되는 등 인위적 개작 없이 원본의 내용 그대로 복사된 사본임이 입증돼야 한다고 결정했었다.

JMS 정명석 목사 여신도 준(準) 강간 혐의재판이 사회적으로 시선을 끄는 이유는, 최근 다수의 언론 매체들이 정명석 목사가 성폭행(強姦)한 여성의 수가 1만 명을 초과할 것이라고 보도한 데서 기인한다.」

나는 브레이크뉴스 2023년 6월 29일 자 "정명석 목사 성폭행 혐의 관련 보도 '무죄(無罪) 추정' 논리가 우선" 제목의 글에서 "한국 언론들, JMS 정명석 목사의 성폭행 혐의 사건을 보도하는 과정에서 어떤 점이 실수였나?"를 다뤘다. 인용한다.

언론은 정명석 관련 보도에서
차분해져야

「나는 브레이크뉴스 지난 2023년 5월 1일 자 "JMS(기독교복음선교회) 정명석 목사(78세) 성폭행!…피해 여성 1만 명 명단 공개하면 믿겠다!" 제목의 기사에서 "언론은 정명석 목사 관련 성폭행 사건의 보도에서 더 차분해져야 한다!"고 주장 한 바 있다.

나는 이 글을 통해 "지난 3월 한 매체는 JMS를 반대하는 단체의 활동가인 A 씨(교수)와의 인터뷰 내용을 기사화했다. 이 기사는 'JMS(정명석)가 여성 1만 명과 성관계…목표를 초과 달성했다'라는 내용을 기사화했다. 정명석 목사가 설교 때 '성적 구원=하늘애인 1만 명 만들기가 목표라는 말을 했다'면서 'JMS(정명석)가 여성 1만 명과 성관계…목표를 초과 달성했다'는 내용이었다. '1만 명과 성폭행'에 대해, 그 근거를 대지 않고, 정명석 목사가 설교 때 주장했다는 설교 중의 말을, 이에 대입(代入)시키고 있다"면서 "정명석 목사가 기독교의 경전인 성경을 해석하는 과정에서 '하늘애인 1만 명'을 언급했는데, 이를 '성폭행'으로 번역한 듯하다. 일반적으로 외서(外書)를 번역할 때는 오역(誤譯)이 있을 수 있다. 정명석 목사가 1만 명 성폭행을 초과 달성했다는 주장은 정명석 목사의 설교를 이해하는 과정에서 오역적(誤譯的)인 범주에 드는 내용으로 보인다"고 주장한 바 있다.

이 사건(정명석 목사 성폭행 사건)의 재판 과정에서 나의 주장이 사실로 드러나고 있어, 한국 언론들이 이 보도에 관한 한 좀 더 신중한 보도 자세를 견지해야 한다는 게 현실이다.

기독교복음선교회 측은 6월 29일 자 보도자료에서 언론의 왜곡 보도 실상을 사회에 알렸다. 이 자료는 "지난 3월 3일에 방영이 시작된 넷플릭스 다큐멘터리 '나는 신이다'가 사회적으로 큰 파장을 일으킨 가운데 후폭풍이 거세게 불고 있다. 특히 JMS 편은 포르노 수준의 선정성으로 도마 위에 올랐고 녹취 파일 편집·조작 의혹까지 불거진 상태다. 여기에 실제 인물이 아닌 대역배우를 쓰고도 자막에 성 피해자로 허위로 표시하거나 사실과 다른 허위 사실을 다뤄 다큐멘터리로서 신뢰성에 금이 가면서 논란이 되고 있다. 일례로 최근에는 '나는 신이다' JMS

정명석 편에 출연한 성 피해자가 대역 배우였다는 사실이 퍼블릭뉴스를 통해 보도된 이후로 논란이 증폭되고 있다."고 전제(前提)했다. 이어 "기독교복음선교회(세칭 JMS, 이하 선교회) 정명석 목사(78)에 대해 성폭행 혐의로 1심 재판이 진행되고 있는 가운데 이 재판의 핵심증거인 녹취 파일 편집·조작 의혹이 불거졌다. '나는 신이다'에서 고소인 B 씨가 제공한 녹취 파일에 대해 전체 맥락에 맞지 않게 음성과 효과음을 짜깁기하고, 음성과 맞지 않는 자막을 삽입하는 등 편집·조작한 의혹이 제기된 가운데 이를 뒷받침 해주는 새로운 사실이 밝혀졌다."고 알렸다.

기독교복음선교회 측은 "핵심 쟁점이 되고 있는 녹취 파일의 증거능력 및 조작 여부가 초미의 관심사인 가운데, 녹취 파일 수집과정에 대한 수사보고서가 실수로 잘못 기재됐다는 경찰 수사관의 자백이 나왔다. 정명석 목사 측 변호인단 중 한 명은 지난 5월 16일 제9차 공판에 검찰 측 증인으로 출석한 A 경위는 고소인이 아이클라우드에서 다운받은 녹음 파일을 증거로 제출한 것이 아니라고 증언했다고 밝혔다. 또한, 수사관이 압수조서에 '고소인의 아이클라우드 계정에 접속하여 해당 녹취 파일이 있음을 확인했다'고 기재한 내용은 수사관의 착각이었다고 증언했다. 즉, 녹취 파일을 아이클라우드에서 확인한 사실이 없었다는 것이라고 설명하면서 '고소인이 피해 상황을 녹음했다는 녹취 파일은 고소인 측의 유일한 물적 증거로 고소인 B 씨는 이 파일이 아이클라우드에 자동 전송되도록 동기화되어 있다'고 진술했다. 고소인 B 씨가 녹음한 휴대폰을 팔아버려 원본으로 간주되던 아이클라우드 파일에 대해 검찰은 '수사관의 실수로 아이클라우드에 보관 중이던 B 씨의 녹음 파일이 삭제됐다', '보관 중인 증거 CD가 손상돼서 복구했다'고 하는 등 석연치 않은 모습을 보였다. 이에 이번 수사관의 증언으로 부실한 증거물 관리에 대한 지적과 과연 실수로 녹음 파일이 삭제된 것인지에 대한 의혹이 제기되고 있다"고 강조했다.

한국 언론들이 JMS(기독교복음선교회) 정명석 목사의 성폭행 혐의 사건을 보도하는 과정에서 어떤 점이 실수 혹은 왜곡 보도였는지가 드러났다.

넷플릭스 '나는 신이다: 신이 배신한 사람들' JMS 편에서 "정명석이 징역 10년을 복역하는 동안 교도소에서 비키니 옷차림의 여신도 사진을 받아보고, 그중에서 예쁜 여자를 골라서 면회를 오게 만든다"는 내용을 방영했다. 하지만 이런 내용도 전혀 사실이 아닌 것으로 밝혀졌다. 이와 관련, 기독교복음선교회는 서울중앙지방법원에 '2019가합567565 사건'과 관련해 2020년 6월 22일 자로 서울구치소에 '여성 신도들이 나체 사진이나 수영복 사진 등을 수용자인 정명석 총재에게 보낸 사실이 있는지, 교정 당국에서 이런 나체 사진 등 서신 수발이 가능한지 여부'를 묻는 사실조회 신청을 했다. 교정 당국은 이 신청에 대한 답변을 선교회 측에 보내왔다. 지난 2020년 7월경 '서신으로 들어오는 선정적인 사진은 모두 반송함을 원칙으로 한다'는 회신을 보내온 것. 즉, 비키니 차림의 선정적인 사진은 애초에 정명석 목사에게 전달될 수 없을뿐더러, 선교회 측에서는 그런 사진을 정명석 목사에게 보낸 적도 없다는 것이었다. 그런데도 다큐를 표방한 넷플릭스는 '나는 신이다'에서 사실이 아닌 제보자의 일방적인 허위주장을 실제 사실인 것처럼 제작해 방영했다. 이런 내용은 현재 성폭행 혐의로 1심 재판을 받고 있는 정명석 목사가 공정한 재판을 받는 데 악영향을 끼치고 있는 것으로 알려졌다.

JMS 측은 "'나는 신이다'는 다큐멘터리로서 제작 단계에서 신뢰도를 스스로 무너뜨리는 내용을 담는 어리석음을 범했다"고 비판했다.

JMS(기독교복음선교회) 정명석 목사의 성폭행 혐의 사건의 보도와 관련, 한국 언론의 또 다른 문제가 노출됐다. '나는 신이다' 프로의 JMS 편에 많은 시간을 할애해 등장하는 JMS 반대세력(안티 세력) 핵심은 이 교단에서 이탈한 사람이다. 그는 넷플릭스 '나는 신이다'라는 프로에도 자주 등장했다. 그는 A 방송에도 정명석 목사를 비판-비난하는 내용을 제보한 것으로 알려져 있다. A 방송은 A 씨의 논리와 주장을 그대로 반영, 보도함으로써 언론중재위로부터 편향 보도라는 판결을 받게 했다.

A 방송의 뉴스룸은 지난해 7월 11일부터 22일까지 '정명석 목사 여신도 성폭력 의혹'에 대해 8차례에 걸쳐 연속 보도를 한 바 있다. 이에 선교회 측은 A 방송을 상대로 정정 보도 및 반론 보도를 청구하는 조정신청서를 언론중재위원회에 제출했다. 언론중재위원회는 A 방송사 측에 "[단독] 정명석 육성파일, 13년 전 성폭행 판결문과 '판박이'" 등 8건의 보도에 대해 선교회 입장의 반론 보도를 게재해야 한다고 결정을 내렸다. 이에 따라 A 방송사 측은 조정대상 보도 8건의 하단에 선교회의 반론 보도문을 게재하고 주요 포털에도 전송했다고 한다. 하지만 A 방송의 연속 보도 이후 정명석 목사는 언론의 뭇매를 맞았다. 반론 보도가 이어진 사실은 널리 알려지지 않았다. 이로 인해 정 목사는 여론 재판을 받는 불리한 상황에 처해 있는 것으로 전해졌다.

A 방송사는 '정명석 목사 여신도 성폭력 의혹' 사건에 관한 반론보도문을 게재했다. A 방송사는 반론보도문에서 "본 방송의 지난 7월 기독교복음선교회 정명석 총재의 성폭행 혐의 관련 연속 보도에 대해 선교회 측에서 '사실 확인 결과 육성 파일

은 진위 여부가 확인된 바도 없으며, 녹취 파일 전체 맥락상 발췌 보도된 정 총재의 발언 부분은 성폭력 정황이 아닌 선교회의 교리를 설명하려는 취지다'고 알려왔습니다. 이 보도는 언론중재위원회의 조정에 따른 것입니다"라고 보도했다. 이 방송사는 "육성 파일은 진위 여부가 확인된 바도 없다."고 보도, 이 보도가 왜곡-과장된 보도였음을 스스로 시인했다.

이처럼 '정명석 목사 여신도 성폭력 의혹' 사건의 진실은, 사실과 멀어도 너무 먼 거리였다는 게 밝혀지고 있다. 언론의 보도대로라면? 정명석 목사에게 성폭행을 당한 여성의 숫자가 "1만 명을 초과 달성했다"라고 한다면? "성폭행 피해 여성의 수가 1만 명을 넘어섰다"는 수치이다. 정명석 목사가 여성 1만여 명을 성폭행했다는 식으로 보도되고 알려졌으나, 지금까지 단 한 명의 피해자 신원도 확실하게 드러나지 않은 상황이다. 너무 과장된-'뻥튀기 보도'였음이 드러났다.

나는 "정명석 목사에게 성폭행을 당한 피해 여성 1만 명의 명단(리스트)이 나온다면, 그때 그가 성(性)폭행범임을 믿을 수 있겠다, 그때까지는 무죄 추정의 원칙에 의해, 정명석 목사의 성폭행 범죄는 '무죄(無罪) 추정' 논리가 우선"이라고 주장한 바 있다.

〈후기〉 언론은 정명석 목사 관련 성폭행 사건의 보도에서 더 차분해져야 한다. 전쟁 때, 심리전(心理戰)이란 게 있다. 성폭행이라는 사회적인 사건이 정치 심리전의 대상이어서는 곤란하다.
한국의 언론 매체들은 이 사건의 보도에서 언론이 무엇을 잘못
했는지를 뒤돌아봐야 한다.」

기독교복음선교회 평화시위로
교세 과시

　원고와 피고가 쟁투하는 재판 과정에서 피고 측이 종교 단체일 경우, 교인들이 나서서 장외 투쟁을 병행하는 경우가 종종 있다. 피고 측으로서, 억울하다는 생각이 들 때, 때에 따라서는 과격한 투쟁을 수반하는 경우도 종종 있다. 종교를 신앙하는 교인들이 보도에 불만을 품고 신문사의 윤전기에 모래를 뿌리는 사건도 발생했었다. 이는 과격한 행동의 하나이다. 기독교복음선교회 쪽에서도 장외 투쟁(아스팔트 위)을 병행하기 시작했다. 이 과정에서의 특징은 평화시위라는 것. 평화적인 장외 투쟁으로 투쟁의 방향을 선회했다. 교인과 교인 사이에 일정한 간격을 두고 도열해, 자신들의 주장을 외치는 평화적인 시위를 이어 나갔다.

나는 브레이크뉴스 2023년 7월 16일 자에 "기독교복음선교회 회원들 '정명석 목사 왜곡 보도 규명' 촉구" 제목의 글로 "A 언론 매체와 OTT(Over-the-top)를 통한 '나는 신이다' 왜곡 보도 규탄…JMS 평화집회 치렀다"는 내용을 보도했다. 인용한다.

「기독교복음선교회(세칭 JMS)는 지난 2023년 7월 16일 자 보도자료에서 "기독교복음선교회 회원들의 자발적 참여로 2023년 7월 16일 오후 3시 서울 종각 근처에 있는 세계적인 OTT(Over-the-top) 한국지사 건물 앞에서 집회를 열었다."고 전했다. 이 종교 단체는 "우리는 실천 신앙의 삶을 사는 성도들로서 미디어에 의해 자행된 폭력과 누명을 참지 못하고 진실을 외치기 위해 뛰어나왔다!"고 밝혔다.

이 집회의 현장에는 300여 명의 회원이 집합, A 언론 매체와 OTT(Over-the-top) 기업의 비판의 목소리를 높였다. 이 모임을 생중계하기 위해 몰려온 유튜버들도 있었다.

기독교복음선교회 측은 "회원들의 자발적 참여로 2023년 7월 16일 오후 3시 서울 종각 근처에 있는 세계적인 OTT(Over-the-top) 한국지사 건물 앞에서 집회가 열렸다. 선교회 회원들을 향한 JMS 반대자들의 공격이 우려되는 상황에서 행사는 경찰과 주최 측 안전진행요원들이 있는 가운데 평화, 비폭력집회를 표방하며 질서정연하게 진행했다"라면서 "선교회 회원들은 행사에서 올해 3월 언론 매체와 OTT(Over-the-top)를 통한 '미디어의 조작, 왜곡 보도와 현 정명석 목사 재판 과정에 드러난 불공정성'을 규탄했다"고 설명했다.

행사 주최 측은 "A 언론 매체와 OTT(Over-the-top)를 통한 반(反)JMS 단체와 고소인들의 일방적 주장만을 방영한 편파 방송"이라며 "금전을 노리고 고소인들을 사주한 반(反)JMS 단체의 언론플레이와 사실 확인도 없는 무분별한 언론 보도에 의해 진실은 가려졌다"고 주장했다.

이 종교 단체는 JMS를 3부작에 걸쳐 다룬 고발 프로가 정명석 목사의 음성을 편집 조작하여 실제 성 피해 중 녹취한 것처럼 연출한 점, 상업적 수익을 극대화하기 위해 선정적 장면을 반복해 보여준 것, 재연 배우를 쓰고도 실제 피해자인 것처럼 허위로 자막을 표기한 점 등을 지적했다.

집회 현장에서 스스로를 JMS 2세 회원이라고 밝힌 한 회원은 호소문 낭독에서 "내가 속한 선교회에 대한 미디어 공격으로 일상생활의 영위가 어려울 정도의 피해를 당했다"면서 "어릴 때부터 정명석 목사의 가르침에 따라 성경 말씀대로 누구보다 깨끗하게 살고자 노력했고, 그의 생명 사랑의 삶을 실제로도 목격해왔기에 참지 못하고 이 자리에 섰다"고 호소했다.

　이번 행사를 이끈 선교회 회원 A 씨는 시위 현장에서 "A 언론 매체와 OTT(Over-the-top)를 통한 왜곡 방송으로 인해 실추된 정명석 목사와 회원들의 명예를 회복하기 위해 자발적으로 시작한 행사"라며 "현재 정명석 목사의 재판을 앞두고 민감한 상황에 교단에서도 행사 중지를 권고하는 상황에서 집행한 것"이라고 강조했다.」

교인들의 장외 투쟁 참가인원
계속해서 늘어나

기독교복음선교회 교인들이 장외 투쟁에 참가하는 인원은 점차 늘어났었다. 처음에는 서울시 종각 부근에서 적은 인원이 모여 평화시위를 벌였다. 이곳을 시위 장소로 택한 이유는 A OTT(Over-the-top) 회사 한국지사 건물이 이 근처에 있었기 때문이었다. 그 이후 서울시청 앞이 선택됐다. 시위에 참가하는 인원이 눈덩이처럼 불어나면서 서울시청 앞을 시위 장소로 선택한 듯하다.

나는 브레이크뉴스 지난 2023년 7월 23일 자 "JMS 회원들 서울 종각 대규모 집회 '정명석 목사 미디어가 왜곡 보도' 비판" 제목의 글의 부제에서 "반 JMS 활동가+고소인들이 일방주장,

선정적으로 조작 편집해 여론을 호도했다"는 내용을 보도했다. 인용한다.

「기독교복음선교회(세칭 JMS) 측은 7월 23일 자 보도자료에서 "기독교복음선교회 회원들의 평화집회가 지난 2023년 7월 23일 오후 4시 서울시 종각 A OTT(Over-the-top) 회사 한국지사 건물 앞에서 열렸다. 이전 집회의 동일 장소에서 열렸던 행사에 이어 회원들이 자발적으로 추진한 두 번째 집회"라고 밝혔다.

이 자료에서 "집회 현장에 모인 1,000여 명(JMS 측의 집계)의 선교회 회원들은 현재 진행 중인 JMS 정명석 목사의 재판이 사회적 여론과 상관없이 증거재판주의에 의해 공정하게 진행되어야 한다고 요망했다. 집회에서 상영된 영상 내용에 의하면 A OTT(Over-the-top) 회사 '나는 신이다 JMS 편'은 정명석 목사의 음성을 조작, 편집해 마치 성범죄가 연상되도록 왜곡 보도했으며, 반 JMS 활동가와 고소인들의 일방적 주장을 바탕으로 내용을 선정적으로 조작 편집해 여론을 호도했다. 이로 인해 3개월여 동안 쏟아진 1만 건 이상의 무차별적 미디어 공격이 실체적 증거와 상관없이 정명석 목사를 성폭행범으로 낙인찍고 재판에까지 영향을 미치고 있다고 전했다. 그중 한 언론사는 과거 선교회에 대한 편파 보도를 했음이 법원의 인정을 받아 화해 권고를 받았음에도 이를 위반했다."고 주장했다.

이날 집회에서 JMS 선교회 청년부 소속이라고 밝힌 한 회원은 "우리는 언론에서 보도하는 대로 비이성적이고 폐쇄적인 집단이 아님을 간곡히 말씀드린다"면서 "언론은 금전을 목적으로 우리 단체를 수년간 음해해온 K 씨의 주장이 아닌 공정한 진실을 전하기를 바란다"고 강조했다.

본인을 JMS의 '신앙 스타(해설=신앙 스타는 기독교복음선교회 내에서 결혼하지 않고 선교회의 복음 사역에 종사하는 회원을 의미한다)'로 밝힌 또 다른 회원은 호소문에서 "반 JMS 활동가와 고소인들은 신앙 스타를 정명석 목사에게 성 상납을 하는 조직으로 거짓 증언을 했고 미디어를 통해 정명석 목사와 신앙 스타들을 반(反) 인륜적 조직으로 매도했다"면서 "과거 JMS 탈퇴자로 인해 신상 노출과 명예훼손을 당했음에도 JMS 회원이란 이유로 제대로 된 보호를 받지 못했다"고 역설했다.

정명석 목사 관련 재판은 11차 공판을 앞두고 지난 2023년 7월 17일 대전지법 재판부인 A 재판장 1명에 대해 법관 기피 신청으로 중지됐고, 재판 기일도 '추정'으로 변경됐다.

정명석 목사의 변호인단은 기피신청의 이유로 "담당 판사가 수 차례 예단 발언으로 '무죄 추정원칙'을 훼손했고, 예단에 기한 소송지휘권 남용 사례들 '불공평한 재판할 염려'(형사소송법 제

18조제1항제2호)"를 제시했다. 또한 정명석 총재(목사) 사건의 특성을 "△증거기록 20권이 넘고, 1만 쪽이 넘는 방대한 분량 △공소범죄사실 전부에 대하여 무죄를 다투고 있고, 직접 현장 목격 증인만 10명이 넘음 △사건 현장이 일반적인 장소가 아니어서 직접 방문하여 면밀히 살펴볼 필요성이 매우 큼 △여론의 주목을 받고 있어 여론 편향적 심리(審理)가 되지 않도록 유념해야 할 필요성이 큼"이라고 지적했다.

변호인단에 의하면 "예단 발언 및 소송지휘권 남용" 부분에서 "담당 판사는 피고인 측 증인신청에 대하여 '어차피 교회 사람들이 아니냐'라고 말하여 전적으로 예단을 드러냈다. 그렇지만 피고인 측 신청 증인들은 대부분 사건 현장에 있었던 사람들로 고소인들 주장 범죄사실이 존재했다면 목격하지 않을 수 없는 상황이었다"면서 "담당 판사는 피고인 측 증인 신문과 관련하여 '피고인 측 증인들은 어차피 그런 사실 없다고 할 것 아니냐. 그렇다면 진술서로 대체하라'라고 말하여 증인 신문을 해보기도 전에 예단을 드러냈고 이러한 태도는 공판중심주의에 반한다고 할 수 있다"고 피력했다.

이날 기독교복음선교회 회원들은 지회를 통해 "JMS 정명석 목사의 재판은 명확한 물증조차 없음에도 미디어의 왜곡 보도로 인한 여론 재판으로 흘러가고 있다!"고 호소했다.」

평화시위의 요구사항
"재판, 여론 아닌 증거재판주의로 가야"

기독교복음선교회의 평화적인 시위는 서울이 아닌 지방으로도 확산됐다. 첫 번째는 재판이 진행되어온 대전지방법원 앞이었다. 이 교단 교인들이 주체가 된, 평화시위가 서울 이외의 지방으로 확산되면서 언론 매체들의 정명석 관련 비판 보도가 수그러드는 모양새였다. 작용과 반작용의 원칙이었다. 매체가 아무리 비판을 한다 해도, 비판을 받는 쪽이 가만히 있으면? 매체들의 비판 보도가 멈출 줄을 모르는 속성이 있다. 언론들은, 기독교복음선교회의 장외 시위를 커튼 뒤에서 조용하게 지켜보기 시작했다.

나는 브레이크뉴스 2023년 7월 25일 자 "JMS 신도들 정명석 목사 공정재판 촉구, 대전지방법원 앞 시위" 제목의 글에서

"정명석 목사의 재판이 여론이 아닌 증거재판주의로 가야 한다"는 교인들은 호소를 기사화했다. 인용한다.

「기독교복음선교회(세칭 JMS) 측은 지난 2023년 7월 25일 자 보도자료에서 "기독교복음선교회 회원들이 지난 7월 24일 대전지방법원 앞에서 '정명석 목사의 재판이 여론이 아닌 증거재판주의로 가야 한다'라며 시위를 진행했다"고 전하고 "회원들은 '조작된 녹취 파일을 전 세계에 거짓 방송한 다큐멘터리 제작팀은 사죄하라', '정명석 목사를 명예 훼손한 반 JMS 활동가를 규탄한다', '재판 핵심증거 녹취 파일 조작'이란 팻말을 들고 현재 진행 중인 정명석 목사의 재판이 공정하게 진행되어야 한다고 외쳤다"고 알렸다.

이 자료에서 "시위는 정명석 목사 1심 재판의 결심공판을 한 달 앞두고 회원들의 자발적 참여로 시작됐다. 처음에는 전단지 배포와 LED 트럭 운행으로 시작했다가 지난 16일 서울 종각 보신각에서의 평화집회를 기점으로 본격 시위 형태로 발전했다"고 덧붙였다.

현재 정명석 목사의 재판은 11차 공판을 앞둔 지난 2023년 7월 17일 변호인이 대전지법에 '법관 기피신청'을 요청하면서 미뤄진 것으로 나타났다. 기독교복음선교회(세칭 JMS)는 이날치 보도자료에서 "변호인단은 기피신청의 이유로 담당 판사가 중요한 증거이지만 증거능력에 심각한 문제가 있는 고소인 메○○ 제출의 녹음 파일에 대한 변호인의 정당한 증거개시신청을 묵살한 점을 지적했다. 위 녹음 파일은 원본 부존재, 압수조서 허위기재, 편집·조작 가능성에 대한 검증의 필요성이 있음에도 불허했다. 고소인 메이플 제출의 증거능력과 관련하여 중요한 관련자인 담당 경찰을 검찰이 기습적으로 증인 신청하였는데 이를 채택함으로써 변호인의 반대신문권을 심각하게 침해했다"고 설명했다.

이어 "변호인단은 담당 판사가 피고인 측 증인신청에 대하여 '어차피 교회 사람들이 아니냐'라고 발언했을 뿐 아니라, 피고인 측 증인 신문과 관련하여 '피고인 측 증인들은 어차피 그런 사실 없다고 할 것 아니냐. 그렇다면 진술서로 대체하라'라고 말하는 등 수 차례 예단 발언으로 '무죄 추정원칙'을 훼손했으며 이는 공판중심주의에 반하는 태도임을 피력했다"면서 "변호인단은 △증인 및 검사의 법정예절에 어긋나는 언행에 대해 적절한 지휘권 행사를 하지 않은 점, △피고인 측 증인과 검찰 측 증인 신문에서 형평성이 어긋난 점, △담당 판사가 변호인의 현장검증 신청 불허, △고소인이 제출한 현장 상황을 담은 녹취 파일에 대한 변호인의 법정 재생 요청을 불허하는 등 공정한 재판을 기대하기 어렵다고 지적했다"고 피력했다.」

'담당 판사 기피신청'…
재판부, 수용하지 않았다!

기독교복음선교회가 법적인 대응과 장외 투쟁을 병행하는 비슷한 시기에 이 교단의 법무팀은 재판부와의 항쟁(?)을 시작했다.

나는 브레이크뉴스 지난 2023년 7월 19일 자 "준(準) 강간 등 혐의 JMS 정명석 목사의 변호인단 '담당 판사 기피신청'" 제목의 글에서 "기독교복음선교회(JMS) 보도자료 배포 '사건에만 초점을 맞춘 공정한 절차의 재판'이 절실하게 필요하다"는 주장을 소개했다. 그러나 재판부는 그 기피신청을 수용하진 않았다. 이 기사의 전문을 인용한다.

「기독교복음선교회(JMS)는 7월 17일 자 "정명석 변호인단, 담당 판사 기피신청" 제목의 보도자료를 배포했다. 이 사건의 변호인단은 "사회적 여론에 상관없이 '사건에만 초점을 맞춘 공정한 절차의 재판'이 절실하게 필요하다는 판단하에 부득이하게 기피신청 절차를 밟게 됐다"고 주장했다.

기독교복음선교회(JMS)는 이 보도자료에서 "준(準) 강간 등 혐의로 재판을 받고 있는 정명석(목사) 씨의 변호인단은 2023년 7월 17일 대전지방법원에 담당 판사에 대한 기피 신청서를 제출했다"고 밝혔다. 기피신청의 이유에서 "담당 판사가 수 차례 예단 발언으로 '무죄추정원칙' 훼손했고, 예단에 기한 소송지휘권 남용 사례들 '불공평한 재판할 염려'(형사소송법 제18조제1항제2호)"를 제시했다. 또한, 정명석 총재(목사) 사건의 특성을 "△증거기록 20권이 넘고, 1만 쪽이 넘는 방대한 분량 △공소 범죄사실 전부에 대하여 무죄를 다투고 있고, 직접 현장 목격 증인만 10명이 넘음 △사건 현장이 일반적인 장소가 아니어서 직접 방문하여 면밀히 살펴볼 필요성이 매우 큼 △여론의 주목을 받고 있어 여론 편향적 심리(審理)가 되지 않도록 유념해야 할 필요성이 큼"이라고 지적했다.

이 보도자료는 "예단 발언 및 소송지휘권 남용" 부분에서 "담당 판사는 피고인 측 증인신청에 대하여 '어차피 교회 사람들이 아니냐'라고 말하여 전적으로 예단을 드러내었다. 그렇지만 피고인 측 신청 증인들은 대부분 사건 현장에 있었던 사람들로 고소인들 주장 범죄사실이 존재했다면 목격하지 않을 수 없는 상황이었다"면서 "담당 판사는 피고인 측 증인 신문과 관련하여 '피고인 측 증인들은 어차피 그런 사실 없다고 할 것 아니냐. 그렇다면 진술서로 대체하라'라고 말하여 증인 신문을 해보기도 전에 예단을 드러내었고 이러한 태도는 공판중심주의에 반한다고 할 수 있다"고 피력했다.

이어 "검찰 측이 신청한 증인들에 대한 반대신문 시 담당 판사는 증인이 대답하여야 할 내용을 대신 답변하거나 해석하는 발언을 하였을 뿐만 아니라, 증인 및 검사가 변호인에게 손가락 욕설을 하는 등 무례한 언행을 반복하는데도 전혀 제지하거나 경고하지 않음으로써 법정예절에 어긋나는 언행에 대해 적절한 지휘권 행사를 하지 않았다"면서 "구속 기간이 2023년 10월 말경 만료함에도 불구하고 2023년 7월 18일 오후 6시까지 증인 신문 등 나머지 절차를 전부 진행하여 재판을 끝내겠다고 하면서, 증인 신문도 '무조건 3시간 이내에 마치라고 하면서 3시간을 초과하면 임의로 중단시키겠다'고 일방적으로 선언했다. 이 사건의 특성상 충실하게 증인 신문이 이루어져야 할 필요성이 클 뿐만 아니라 검찰 측 증인의 경우에는 직접 현장 목격자도 아니었는데도 상당한 시간을 부여하여 시간 부담을 주지 않은 것과 비교할 때 형평성도 없는 태도였다"고 강조했다.

기독교복음선교회(JMS)는 이 보도자료에서 "중요한 증거이지만 증거능력에 심각한 문제가 있는 고소인 메○○ 제출의 녹음 파일에 대한 변호인의 정당한 증거개시신청을 묵살했다. 위 녹음 파일은 원본 부존재, 압수조서 허위기재, 편집·조작 가능성에 대한 검증의 필요성이 있음에도 불허했다. 고소인 메이플 제출의 증거능력과 관련하여 중요한 관련자인 담당 경찰을 검찰이 기습적으로 증인 신청하였는데 이를 채택함으로써 변호인의 반대신문권을 심각하게 침해했다. 특별한 사정이 없는 한 원래 증인은 공판기일에 신청하고 채택된 후 소환하여야 하는데, 위와 같은 증인 채택은 중요 증인인 점, 반대신문권 보장이 필수적인 점 등에 비추어 볼 때 매우 부적절하다고 할 수 있다"고 피력했다.

이울러 "이 사건 현장은 일반적인 장소가 아니어서 구체적인 현장의 모습이 상상조차 되지 않아 실체진실 발견을 위해서는 현장 확인의 필요성이 매우 크고 실제로 일부 공소사실과 관련하여 현장 상황상 고소인 주장의 동선이나 공간 확보, 고소인 주장 행위가 불가능하다는 점이 밝혀졌음에도 불구하고 변호인의 현장검증 신청을 불허했다"라면서 "고소인(이○○. 강제추행 고소)이 제출한 녹음 파일(현장 상황이 처음부터 끝까지 담겨 있음)에 대한 변호인의 법정 재생 요청을 불허했다. 위 녹음 파일은 물적 증거일 뿐만 아니라, 20분 정도 분량으로 비교적 짧음에도 불구하고 이에 대한 청취 요청을 거부한 것은 객관적인 증거보다 고소인의 진술에만 의존하여 심리하겠다는 취지로서 공정한 재판을 기대하기 어렵다"고 덧붙였다.」

나는 브레이크뉴스 지난 2023년 7월 28일 자 "정명석 목사의 준 강간(準强姦) 등 혐의재판…대전지방법원, 담당 판사 기피신청 기각" 제목의 글과 부제로 "정명석 목사 변호인단이 재판부를 상대로 담당 판사 기피신청에 나선 핵심적인 이유는 재판부를 향한 '공정한 재판'을 요구하는 것"이라고 보도했다. 인용한다.

「기독교복음선교회(JMS) 정명석 목사의 준(準) 강간 등 혐의의 재판이 재판부(대전지방법원)와 변호사 측 간, 담당 판사 기피신청&재판부의 담당 판사 기피신청 기각 등으로 세기적인 재판 양상을 띠고 있다.

정명석(목사)의 변호인단은 지난 2023년 7월 17일 대전지방법원에 담당 판사에 대한 기피 신청서를 제출했고, 대전지방법원은 지난 2023년 7월 26일 담당 판사에 대한 기피신청을 기각처리 했다. 그러나 정명석 목사 변호인단은 담당 판사에 대한 기피신청의 항고(抗告)에 들어갈 것으로 보여, 세인의 이목을 끌고 있는 것. 이 사안의 핵심은 △공정하게 재판받을 권리 △증거 위주 등의 재판 요구이다. 이 사건 관련 재판이 장기화할수록, 무죄추정(無罪推定)의 논리에 근접할 가능성도 있어 보인다.

재판 과정에서 정명석 목사 변호인단이 재판부를 상대로 담당 판사 기피신청에 나선 핵심적인 이유는 재판부를 향한 '공정한 재판'을 요구하는 것이었다. 기독교복음선교회(JMS)는 7월 17일 자 "정명석 변호인단, 담당 판사 기피신청" 제목의 보도자료를 배포한 바 있다. 이 자료에서, 사건의 변호인단은 "사회적 여론에 상관없이 '사건에만 초점을 맞춘 공정한 절차의 재판'이 절실하게 필요하다는 판단하에 부득이하게 기피신청 절차를 밟게 됐다"고 주장했다.

이어 "준 강간(準强姦) 등 혐의로 재판을 받고 있는 정명석(목사) 씨의 변호인단은 7월 17일 대전지방법원에 담당 판사에 대한 기피신청서를 제출했다"고 밝혔다. 기피신청의 이유에서 "담당 판사가 수 차례 예단 발언으로 '무죄추정원칙' 훼손했고, 예단에 기한 소송지휘권 남용 사례들 '불공평한 재판할 염려'(형사소송법 제18조제1항제2호)"를 제시했다.

또한, 정명석 총재(목사) 사건의 특성을 "△증거기록 20권이 넘고, 1만 쪽이 넘는 방대한 분량 △공소 범죄사실 전부에 대하여 무죄를 다투고 있고, 직접 현장 목격 증인만 10명이 넘음 △사건 현장이 일반적인 장소가 아니어서 직접 방문하여 면밀히 살펴볼 필요성이 매우 큼 △여론의 주목을 받고 있어 여론 편향적 심리(審理)가 되지 않도록 유념해야 할 필요성이 큼"이라고 지적했다.

그러나 재판부(대전지방법원)는 정명석 목사 변호인단이 요구한 담당 판사 기피신청을 기각 처리함으로써, 변호인단의 요구를 묵살했다. 재판부로서는 정명석 목사의 구속 기간 만기일인 지난 4월 27일 이후 구속기한이 여러 번 연장돼 왔다. 재판부는 이러한 관계로, 변호인단이 요구했던 담당 판사 기피신청을 기각한 것으로 풀이된다. 그러나 담당 판사 기피신청이 기각된 이후 정명석 목사 변호인단은 여기에서 멈추지 않을 공산(公算)이 커졌다. 항고 절차가 있기 때문이다.

정명석 목사 변호인단이 법원에 제출한 '법관 기피신청' 내용을 보면 "이 사건 공소 범죄사실의 방대한 내용, 교리와 세뇌 개념의 모호성, 범행 수법에 관한 공소 범죄사실의 불명확성·광범위성 등에 비추어 보면, 이 사건은 증인 신문을 통한 실체적 진실발견이 필수적이고, 증인 신문도 충실하게 이루어져야 한다. 그럼에도 불구하고 대상 판사는 예단을 가지고 피고인 측 증인 인원과 시간을 일방적으로 제한했다"는 이유를 들고 있었다. 판사가 "예단을 가지고 피고인 측 증인 인원과 시간을 일방적으로 제한했다"는 주장이었다.

그뿐 아니다. '법관 기피신청' 내용 가운데는 "'검찰 측 증인'에게는 현장 목격 증인이 아님에도 불구하고 증인 신문 시간을 충분히 부여했고, 증인 신문 사항도 제한하지 않았다. 그러나 '피고인 측 증인'의 경우 대부분 현장 목격 증인이거나, 현장에 있었던 정황 증인이어서 적어도 검찰 측 증인에게 부여한 시간과 대등한 정도의 시간을 부여해야 함에도, 대상 판사가 3시간 안에 모든 증인 신문을 마무리하라고 했다. 이는 실체적 진실발견의 의지가 전혀 없음을 보여주는 것"이라고 반박했다.

또한 '법관 기피신청' 내용에는 "검사 측 증인(고소인)의 진술에 대한 신빙성을 탄핵하기 위해서는 위 증인들의 수사기관에서의 진술과의 상이점, 범행 방법 등에 대해 변호인들의 충분한 반대신문이 이루어져야 함에도 불구하고, 대상 판사는 증인을 대신해 답변하거나 해석하여 발언하는 등 대변했다. 이는 소송지휘권 행사를 넘어 고소인들을 대리한 것이나 다름없고, 피고인 측의 반대신문권을 침해한 것으로 공정한 재판을 기대하기 어렵다."는 부분도 있다.

나는 이 사건과 관련, 브레이크뉴스는 지난 2023년 6월 29일 자 "정명석 목사 성폭행 혐의 관련 보도 '무죄(無罪)추정' 논리가 우선" 제목의 칼럼에서 "'정명석 목사 여신도 성폭력 의혹' 사건의 진실은, 사실과 멀어도 너무 먼 거리였다는 게 밝혀지고 있다. 언론의 보도대로라면? 정명석 목사에게 성폭행을 당한 여성의 숫자가 '1만 명을 초과 달성했다'라고 한다면? '성폭행 피해 여성의 수가 1만 명을 넘어섰다'는 수치이다. 정명석 목사가 여성 1만여 명을 성폭행했다는 식으로 보도되고 알려졌으나, 지금까지 단 한 명의 피해자 신원도 확실하게 드러나지 않은 상황이다. 너무 과장된-'뻥튀기 보도'였음이 드러났다."면서 "정명석 목사에게 성폭행을 당한 피해 여성 1만 명의 명단(리스트)이 나온다면, 그때 그가 성(性)폭행범임을 믿을 수 있겠다. 그때까진, 무죄추정의 원칙에 의해, 정명석 목사의 성폭행 범죄는 '무죄(無罪)추정' 논리가 우선"이라고 주장한 바 있다."라고, 썼었다.」

제 5 장

❧

평화시위에 5만 명이 모였다!··· 교세 한껏 과시 !

❧

시청 앞에 모여, 신앙의 스승 '정명석 목사의 진실과 삶' 조명

평화시위에 5만 명이 모였다!···교세 한껏 과시!

'1만 명 성폭행(强姦) 사건'···"무죄추정의 원칙이 답(畓)"

교인들이 증언하는 정명석···"정명석 목사는 죄가 없어요!"

시청 앞에 모여, 신앙의 스승
'정명석 목사의 진실과 삶' 조명

나는 브레이크뉴스 지난 2023년 7월 31일 자 "JMS 교인들 대규모 모임…정명석 목사의 진실과 삶을 밝힌다" 제목의 기사에서 JMS 교인들 4천여 명이 모였다는 사실을 기사화했다. 인용한다.

「KD독교복음선교회(세칭 JMS) 교인협의회는 지난 2023년 7월 31일 자 보도자료에서 "현재 JMS 정명석 목사의 재판에서 치열한 공방이 이어지는 가운데, JMS 교인들이 재판부에 공정한 재판을 요구하고자 시작한 대규모 집회가 지난 2023년 7월 16일부터 매주 이어지고 있다. 지난 7월 30일 오후 4시 서울시청 앞 대로에서 대규모 모임이 진행됐다. 정명석 목사가 지금까지 걸어온 삶과 진실을 알리고 현재 진행 중인 이날 모임에서는 정명석 목사의 공정한 재판을 호소하고자 서울시청 앞 대로가 4천여 명(기독교복음선교회 교인협의회 측 주장)의 교인들로 가득 찼다. 지금까지 열린 JMS 교인들의 집회 중 최대 규모"라고 밝혔다.

이 보도자료에서 "기독교복음선교회(세칭 JMS) 교인협의회 소속 회원 4천여 명(기독교복음선교회 교인협의회 측 주장)이 행사를 통해 현재 재판 진행 중인 정명석 목사의 공정한 재판을 강력히 요구했다. '기독교복음선교회 교인협의회'는 대외에 JMS 측의 목소리를 내기 위해 선교회 교인들이 자발적으로 결성한 협의체다. 이번 행사는 선교회 소속 교회 중 광명교회와 서울 강서지역 교회들이 주도했다. 이번 행사는 3부에 걸쳐 구호, 호소문, 종교지도자들의 강연, 예술제 등을 통해 선교회 교인들이 지금까지 확인해온 정명석 목사의 삶과 진실을 드러냈다"고 전하고 "그 가운데 스스로를 JMS 2세로 밝힌 선교회 교인들의 소신을 담은 호소문 낭독이 청중들에게 감동과 울림을 줬다. JMS 2세 출신 회원 A 씨는 무대 위에서 '나는 하나님과 예수님을 제대로 알고 믿게 되어 행복한 사람이며, 어릴 때부터 정명석 목사의 행함을 보며 그 정신을 배워온 JMS 2세로서 이는 나의 자부심'이라며 '정명석 목사는 항상 하나님과 예수님을 증거해왔다, 소수 음해자의 말만을 믿고 낙인을 찍는 행위를 규탄하며 재판이 원칙대로 공정하게 진행되기를 호소한다'고 외쳤다"고 소개했다. 아래는 이 보도자료의 주요 내용이다.

JMS 2세 B 씨는 이 모임에서 "제가 수없이 확인한 결과 정명석 목사는 말보다 실천인 지도자였다, 이 나라의 평화를 위해 항상 기도하고 사회의 일원이 되어 이바지하는 사람이 되라고 배웠다"며 "겉으로는 정의와 공의를 외치면서도 여론을 중심하고 편협된 시각으로 판결을 내리는 것은 모순된 행위"라며 소신을 밝혔다.

개신교 소속 종교지도자들의 정명석 목사에 대한 증언도 이어졌다. 무대에 오른 이기철 서울시종교특별회 위원회 회장은 "정명석 목사는 월남전 참전용사로서 국내외적으로 국위를 선양한 종교지도자"라며 "재판에는 성역이 없으며 오직 진실과 사실만이 적용되어야만 한다, 한치도 억울한 재판이 없이 사랑과 정의, 진실을 밝혀 주시기를 원한다"고 당부했다.

이어 김덕현 초종교초교파협의회 회장의 증언이 이어졌다. 김덕현 회장은 "정명석 목사는 월남전을 2번이나 전투병으로 참전한 국가에 충성한 의로운 애국자이며, 예수님 말씀을 실천하며 평생 목회해온 분"이라며 "정명석 목사는 미디어의 상업적 보도에 희생당하며 억울하게 여론 재판을 당하고 있다, 저의 신앙의 양심으로 정명석 목사님의 무죄를 강력히 주장한다"고 전했다.

이 외에도 예술제를 통해 정명석 목사의 대표 시 '나' 낭독과 정명석 목사 작사·작곡 찬양 '폭포사랑' 공연이 이어졌다. 행사 무대에서 해당 곡을 노래한 전문 성악인 정애찬 목사는 해당 곡에 대해 "영원히 폭포수처럼 하나님을 사랑하겠다는 정명석 목사의 고백을 담은 곡"이라고 설명했다.

현장에 집결한 교인들은 '핵심증거 녹음 파일 알고 보니 조작 증거', '불공평한 예단 발언 재판부를 교체하라', '녹음 파일 조작이다. 무죄 석방 주장한다', '재판부는 공정하게 재판하라' 등 구호를 외쳤다. 행사는 정명석 목사의 재판이 증거재판주의에 의해 공명정대하게 진행되기를 간구하는 기도회로 마무리됐다.

행사 주최 측은 "정명석 목사의 재판이 여론 재판으로 흐르고 있는 상황에서 우리의 진실을 세상에 알리고자 행사를 마련했다"며 "세상을 향해 질서 있고 힘 있게 정명석 목사와 선교회의 본모습을 보여주고 하나님의 진리를 널리 알리는 평화집회를 계속 이어갈 것"이라고 밝혔다.」

평화시위에 5만 명이 모였다!…
교세 한껏 과시!

기독교복음선교회의 그간 장외 평화시위에 모인 인원은 5만 명(기독교복음선교회 측 주장)이 최대인원이었다. 2023년 여름 더위는 그 어느 해보다 무더웠다. 그런데도 기독교복음선교회 교인들의 시위 참가인원은 나날이 불어나 5만 명에까지 다다랐다. 평화시위 가운데 최대인원이 모인 자리에서의 핵심 주장은 월남전에 참전했던 용사들이 정명석 목사를 옹호하고 나섰다는 것이었다.

나는 브레이크뉴스 지난 2023년 8월 20일 자 "JMS 교인들 5만 명 집회…월남전 참전용사들 정명석 목사 옹호 이유" 제목의 기사에서 채명신 장군의 후광을 불러냈다. 인용한다.

「박정희 정권 시절, 한국군은 미국 정부의 요청에 따라 월남전에 참전했다. 후일, 학자들의 정리에 따르면, 한국군의 월남전 참전은 용병(傭兵) 형태였다. 대한민국이 가난한 나라였기 때문에 젊은이들의 목숨이 월남이라는 전장(戰場)에서 5,000여 명 이상 희생(사망)됐다. 한국군이 월남에 참전했던 기간은 1964년부터 1973년까지. 이 기간, 참전 누계 합산은 총 30만 명이었다.

그런데 월남참전용사들이 옛 전우의 불공정한 재판을 중단하고, 공정한 재판을 호소했다. 지난 2022년. 10월 구속된 기독교복음선교회(세칭 JMS) 정명석 목사의 재판이 현재 법관 기피신청으로 잠시 중단된 상황. 그동안 JMS에 대한 유례없는 강도의 여론몰이로 입은 교인들의 피해와 편파 보도에 가려진 정명석 목사 사건의 진실을 알리고자 선교회 교인들이 자발적으로 추진한 집회가 7월 중반부터 매주 계속되었다. 그동안 외부로 드러내지 않고 조용히 교세를 넓혀오던 JMS의 특성과 판이하게 달라진 모습. 그런데 월남전 참전용사들이 옛 전우인 정명석 목사의 공정한 재판을 호소하고 나섰다.

'기독교복음선교회(JMS) 교인협의회' 측은 2023년 8월 20일자 보도자료에서 "2023년 8월 20일 오후 4시 서울시청 대로에서 5만여 명(주최 측 주장)의 JMS 회원들이 집회를 열었다. 행사를 주최한 '기독교복음선교회 교인협의회'는 집회를 위해 선교회 교인들이 자발적으로 결성한 협의체"라고 소개하고 "행사엔 JMS 교인은 물론 개신교단 목사가 무대에 올라 정명석 목사에 대한 일부 언론의 왜곡 편파 보도를 규탄하고 공정재판을 촉구했다"고 알렸다.

이 모임에 월남전 참전용사들이 옛 전우인 정명석 목사의 불이익을 호소하며 송사(訟事)에 끼어들었다. '기독교복음선교회(JMS) 교인협의회' 측이 이끌었던 지난 8월 13일 서울시청 앞 집회에 전용주 베트남 전쟁 연구소장이 참석했다. 그는 이날 연설에서 "정명석 목사(JMS)는 젊은 시절 베트남 전쟁에 두 번이나 참전했으며, 두 번째는 국가와 전우들을 위해 자원해서 참전한 애국애족 정신의 소유자"라고 피력하고 "적군을 생포해 무기고 정보를 입수하는 등 적군과 아군 모두를 살리면서도 베트남 전쟁 최고의 공적을 세워 6번의 무공훈장과 전공 표창장을 수여받은 국가유공자"라고 증언했다.

지난 2023년 8월 13일 서울시청 앞 모임에서 전용주 베트남 전쟁 연구소장은 "최희남 대령은 저서 『나의 푸른 날 베트남 전쟁터에서』의 '당시 정명석 목사가 소속됐던 1대대 2중대는 어떤 부대보다 많은 작전을 수행하면서도 전과는 많고 전사자는 적었다'며 '정명석 목사처럼 하나님을 잘 믿는 사람을 본 적이 없다'고 기록했다"며 "고(故) 채명신 전 주월한국군사령관도

'100명의 베트콩을 놓치더라도 1명의 양민을 보호하라'는 주의였는데 전쟁터에서 적군의 생명까지 사랑한 정명석 목사의 행적에 감동받았다"고 말했다.

이어 "정명석 목사는 '승리는 적을 죽인다고 얻는 것이 아니다. 적의 생명까지 사랑해야 진정한 평화와 승리가 온다'고 외쳐왔다"며 "국가와 전우를 위해 목숨 바쳐 충성하고 적군을 위해 '기독교복음선교회(JMS) 교인협의회' 측은 8월 20일 자 모임과 관련해 "'기독교복음선교회(JMS) 교인협의회' 측은 공정재판 호소문을 통해 그동안 정명석 목사 재판 중 드러난 고소인들의 의심스러운 행적과 재판부, 검찰의 불공정한 재판을 비판하고, 공정한 재판"을 호소했다. 호소문에 따르면, 고소인 A양은 정명석 목사의 세뇌로 인한 항거불능 상태에서 성 피해를 입었다고 주장하나, 이것이 거짓임을 입증하는 결정적 증거가 다수 존재한다. 현장에서 호소문을 읊은 김국현 교수는 "고소인 A양은 남자친구의 권유로 의도적으로 성 피해 현장을 녹음했다고 하지만, 이 주장하는 것은 항거불능 상태에선 불가능한 일"이라며 "무엇보다 A양은 본인이 피해를 당했다고 주장하는 기간 동안 일기장에 정명석 목사가 출소하기 전, 매일 껴안고 입 맞추는 것을 상상했다가 이것이 이뤄지지 않아서 실망했다고 기록했는데 이는 정명석 목사에게서 어떠한 성 피해도 없었음을 입증하는 결정적 문장"이라고 주장했다. 호주 출신 고소인 B양에 대한 증언도 이어졌다. 익명을 요구한 증언자는 행사 무대에서 "고소인 B양은 한때 정명석 목사의 말씀을 접하면서 예수님과 함께 인생을 새롭게 변화시키고자 결심했던 사람"이라며 "안타 깝게도 열등감과 불평, 서운함에 사로잡혀 선교회 지도자들과 정 목사에 대한 거짓 악평을 유포하여 돌이킬 수 없을 정도로 명예를 훼손했다"고 전했다.

'기독교복음선교회(JMS) 교인협의회' 측 담당자는 이날 "고소 인들의 공통점은 이들이 성 피해를 당했다고 주장하는 기간에 서 수년이 지난 뒤에야 정명석 목사를 고소했다는 것"이라며 "정말 성 피해가 있었다면 즉시 신고가 상식적인 행동일 텐데 이들은 그렇지 않았고, 당시 선교회 교인들에게도 성 피해를 당 했다고 한 적조차 없었다"라고 증언했다.

'기독교복음선교회(JMS) 교인협의회' 측은 공정재판 호소문에 서 정명석 목사의 재판 중 경찰의 조작 수사 의혹을 제기했다. 이 모임에서 김국현 교수는 "고소인 M양은 결정적 증거인 휴대 폰을 팔아버렸다고 했으나, 검사는 휴대폰에 저장된 녹취 파일 은 아이클라우드에 저장되어 있으니 휴대폰이 없더라도 원본 증거로서 문제가 없다고 하였다. 그러나 지난 4월 3일 8차 재 판에서 검찰은 이 아이클라우드 파일을 수사관이 법정 시연을 위해 클라우드를 조작하던 중 버튼을 잘못 눌러 실수로 삭제했다고 발표했다. 5월 16일 9차 재판에서 수사관은 '고소인의 아이 클라우드 계정에서 파일을 확인했다'고 작성한 압수조서를 번복하고, 아이클라우드에서 파일을 확인한 사실이 없다고 진술했다. 실수로 조서를 잘못 썼다는 것이다. 게다가 검찰은 녹음 파일을 복사한 증거 CD가 보관 중에 훼손되었다고 발표했다. 이 모든 실수가 우연히 일어날 확률이 얼마나 되겠느냐"고 지적했다.

이날 선교회를 이단시 하는 개신교 교회 소속임에도 불구하고 본인이 목격한 정명석 목사를 변호하는 종교지도자들의 목소리도 이어졌다. 활발한 사회생활을 하고 있는 선교회 교인들이 신상 노출 위협을 무릅쓰고 자신이 겪은 정명석 목사에 대해 증언했다. 이들은 "선교회에 대한 미디어의 무차별적 공격으로 입은 피해 경험"을 밝혔고 "미디어가 주입한 JMS에 대한 프레임과 편협적 시각을 깰 것"을 호소했다. JMS 2세 교인 주찬란 씨는 이날 모임에서 "소수의 약자를 보호한다는 구실로 이들의 주장에만 치우쳐 정명석 목사의 무죄를 입증하는 증인과 증거들은 묵살되고 불공정한 재판이 진행되고 있다"라며 "거대 여론 앞에 정명석 목사와 우리야말로 힘없는 약자, 피해자가 된 것"이라고 호소했다.

'기독교복음선교회(JMS) 교인협의회' 측은 "과거 2008년에 이어 또다시 종교재판, 여론 재판을 받는 정명석 목사의 무죄를 주장하고자 이 집회를 열었다"고 설명하고 "증거 제일주의 원칙과 무죄추정의 원칙에 입각한 공명정대(公明正大)한 재판이 되기를 바란다"고 호소했다.

JMS 창교자인 정명석 목사는 국가의 부름을 받아 사지(死地)로 파견됐던 월남전 참전 용사 출신이다. 두 번에 걸친 월남전 참전 용사 출신이란, 애국자(愛國者)라는 뜻이다. 8월 20일 서울 시청 앞에 5만여 명이 모였던 모임에서도 정명석 목사의 월남전 참전공로가 이슈로 떠올려졌다. 자유총연맹 및 서울특별시 종교특별위원회 대표, 국제기독교선교협의회 총재인 이기철 목사는 "정명석 목사는 월남전 참전용사로서 애국의 길을 살아왔으며, 금산 월명동에 자연성전을 조성하여 국내외적으로 국위를 선양한 종교지도자"라고 소개하고 "충남 금산군 월명동 성전은 다른 많은 기독교 목사들과 다수의 종교 회장들과 함께 수차례 방문했을 때 모두가 극찬했던 곳으로, 고소인들이 주장하는 사건이 일어날 은밀한 장소가 없음에도 현장검증 없이 재판이 진행된 것이 유감"이라고 표명했다. 이날 이기철 대표는 재판부에 "솔로몬의 지혜로운 재판, 예수님의 사랑의 재판"을 할 것을 당부했다.

'기독교복음선교회(JMS) 교인협의회' 측은 이날 모임에서 정명석 목사가 월남전에 두 번 참전한 국가유공자로서 월남전 참전 기간의 체험담, 그리고 오랜 수도 생활에서 깨달은 성경의 진리를 영상으로 상영했다.」

평화시위에 5만 명이 모였다! 기독교복음선교회는 교세를 한껏 과시했다. 여기에 멈추지 않았다. 평화시위에 참석했던 전용주 베트남 전쟁 연구소장은 연설을 통해 "정명석 목사(JMS)는 젊은 시절 베트남 전쟁에 두 번이나 참전했으며, 두 번째는 국가와 전우들을 위해 자원해서 참전한 애국애족 정신의 소유자"라고 피력하고 "적군을 생포해 무기고 정보를 입수하는 등 적군과 아군 모두를 살리면서도 베트남 전쟁 최고의 공적을 세워 6번의 무공훈장과 전공표창장을 수여받은 국가유공자"라고 증언, 시위에 참석한 명분(名分)을 토로했다.

'1만 명 성폭행(强姦) 사건'…
"무죄추정의 원칙이 답(答)"

나는 이래권 작가와 오랫동안 교분은 쌓아왔다. 그는 천재형 인간이다. 그는 서울 마포구 신촌 연세대학 근처에 살면서 포춘 텔러(fortune teller=예언가)라는 일을 해왔다. 평생, 직장이 없이 살았다. 스스로의 노력으로 홀로서기 해왔다. 세계가 돌아가는 일에 흥미를 가진, 천재형 인간이다.

"JMS 정명석 사건을 어떻게 생각해요?"

"무죄추정 원칙이 답이죠!"

"나도 그리 생각해요."

"시민(대중)들은 성급하게 각자들의 손에 든 정죄의 돌들을 내려놓아야 해요."

이래권 작가는 이런 견해를, 내가 오너인 브레이크뉴스에 기고해줬다. 지난 2023년 5월 6일 자 'JMS 정명석 목사 1만 명 성폭행(强姦) 사건'…"무죄추정의 원칙이 답(答)"이라는 제목의 칼럼을 기고해줬다. 이 글에서 "JMS 정명석 목사는 78세다. 최근 언론 보도에 따르면, 이 교단의 채홍사(採紅使) 간부들이 나서서, 신앙 스타란 비혼(非婚)주의를 표방, 여성을 정명석 목사의 침실에 들여 넣었다고 검찰이 중간 수사 과정을 발표했다. 이 보도에서도, 문제란? 감금과 폭력 공갈 협박이 없었다면 화간(和姦) 사건이다. 또한, 직접 지시 없이 휘하가 맹목적 충성심으로 회유 권고했고 응했다면, 추종 합의에 따른 윤리적인 사건으로 분류할 수 있다"면서 "정명석 목사는 휘하의 끈질긴 회유와 권유의 압박에 굴복한, 반(半)의사 불벌죄(不罰罪)로 담장 위에 선 격이다. 교단 내부의 다툼에 따른 파편일 수도 있다. 현재 정명석 목사는 구속되어 검찰의 조사를 받고 있다. 검찰이 최근 발표한 중간발표에 따르면, 간부들이 30대의 신앙 스타 미녀들을 회유하여 잠자리에 들게 했다는 정도의 스토리이다. 형법상으로 폭행 감금 협박 등이 있었다고 해도, 정명석 목사가 교사 사주한 것을 입증치 못하면 무혐의다. 현행 성폭행(강간)죄는 남자의 정액(精液)이 여성의 질 내에 존재하지 않았다면 범죄혐의를 인정하기 어렵다. 정신과 의원에서 발행한 사건 전후 관계를 입증할 공황장애 급성 트라우마 장애 진단서가 없는 한 무혐의다. 이런 사건에서 '여시아문(如是我聞-나는 이렇게 들었다)'이라고 말하는 증인이 있다고 해도 참고사항 정도이다. 증거 없이 떠드는 증인(證人)과 심증(心證)만을 가지고, 성범죄자로 정죄당할 위기 앞에 서 있는 정명석 목사, 처벌하기가 결코 쉽지 않을 것"이라고 지적했다.

이어 "성경은 말하고 있다. 상급과 벌에는 사후에 반드시 등급에 뒤따른다고. 기독교는 영생을 믿는다. 이는 축복이자 저주이기도 하다. 영혼마저 신의 심판을 받아야 하니 이중 심판의 대상이 된다. 많은 죄를 각각 저울로 달 수는 없겠지만, 수형 기간의 수치로 결판내는 것이 법원의 임무다. 간통죄가 폐지된 상황에서, 그것도 79세 고령자가 성폭행을 위해 위협하거나 또는 협박을 통해 다수의 여성 피해자(?)들을 강간했다는 것을 수사기관이 입증하기는 어려울 것이다. 한국은 법치국가다. 법 앞에 만민이 평등하다. 검사에겐 기소권이 있고, 변호사의 논리 입증상 물증과 증언의 신빙성을 저울질해 판사는 적정 형량을 판결한다. 그 중심에 정명석 목사가 서 있다. 어떤 결론이 나든, 걱정되는 것은 7만5천여 명의 신도와 21만 명에 달할 가족공동체가 입게 될 상처"라면서 "범법자 무죄추정의 원칙이란 게 있다. 기독교복음선교회 측은 정명석 목사의 성범죄 혐의에 관한 사건은 모두 '무죄'라고 주장하고 있다. 법적으로, 정명석 목사는 아직까지 무죄 상태이다. 시민(대중)들은 성급하게 각자들의 손에든 정죄의 돌들을 내려놓아야 한다."고 강조했다.

또한 "JMS의 정명석 목사는 종교적으로 다른 신념과 공동체 생활방식(성전보다는 초기 예수의 예배방식-자연 예배)을 중시한 탈 물욕주의를 호소한 지도자였다. 또한, 동남아 동유럽에 선교사를 보내, 통일교 다음으로 이교도를 개종시킨 선각자적 공로자였다. 물량주의에 빠진 기존의 기독교회가 건물을 지어댈 때, 한 달에 100여만 원 남짓 선교 활동비를 주어 교리전파에 헌신했었다. 이제 그의 나이는 78세, 최근의 사건으로 많은 공로가 파괴됐다. 또한 그를 따르던 7만여 명의 신도와 신도 주변의 가족공동체(21만여 명)의 삶과 신앙도 위기에 처하게 됐다. 옥석은 가려져야 하고, 21만 가족공동체는 보호되어야 마땅하다. 선한 신앙 공동체가 제기되도록 기회가 주어져야 할 것"이라고 덧붙였다.

이래권 작가는 브레이크뉴스 지난 2023년 5월 3일 자로 기고한 "정명석 목사를 성폭행범으로 매장하려는 시도는 멈추어야 한다!"는 제목의 칼럼에서 "JMS 정명석 목사의 신도 1만 명 성폭행 이슈는 '선정적(煽情的)'"이라고 진단했다. 이래권 작가는 이 칼럼에서 "예수는 자신을 위해 집을 짓지 않았다. 최후의 만찬에서 보듯, 온종일 사막지대를 걸어 다니며 선교하느라 밤마다 발의 모래를 씻어내야 했다. 총각으로 살다 33세에 로마군에 의해 갈보리 산 황량한 처형장에서 사지에 못이 박히고 옆구리는 창에 여러 번 찔려 죽었다"면서 "요새 JMS 정명석 목사의 신도 1만 명 성폭행 이슈는 선정적이다. 이 이슈가 세상을 뒤덮었다. 기독교복음선교회(JMS)는 충남 금산군 산골짜기에 근거지를 둔 신앙공동체이다. 금산군 안에서 벌어진 잘못된 잠자리가 사회적인 문제로 부상됐다. 강압적 폭력이 동원된 것이 아니니 가스 라이팅 정도로 볼 수 있다"고 피력했다. 또 이 글을 통해 "의학적으로 건강한 남녀가 평생 섹스가 가능한 횟수는 5천 번이라고 알려져 있다. 그런데 일부 매스컴에서 주장하는 1만 명 이상의 성폭행(강간)은 불가능하다. 방송-인터넷 매체가 일단 네티즌을 끌어모으겠다는 선정성(煽情性), 사실이 아닌 보도는 자제되어야 옳다"고 썼다. 아울러 "메뚜기 형태의 매체들이 나서서 희대의 성폭행범으로 정명석 목사를 매장하고, 따르던 신도사회를 해체하려는 시도는 멈추어야 한다. 예수가 말했다. '가이사의 것은 가이사에게, 하느님의 것은 하느님에게로!'라고. 수십 년 일궈온 JMS 교단을 일거에 들어내는, 언론이 앞선 여론재판은 멈추는 것이 마땅하다. 수확철 과수원 사과 몇 개가 벌레 먹었다고, 포크레인과 전동 톱으로 사과나무를 다 없애는 것은 다수 신도에 대한 2차 가해이자 폭거"라고 평했다.

교인들이 증언하는 정명석…
"정명석 목사는 죄가 없어요!"

2023년 중반, 기독교복음선교회(통칭 JMS) 측의 정명석 구명(求命)을 위한 평화시위가 지속됐다. 기독교복음선교회 교인들은 왜 무더위가 지속되는 여름날, 서울의 종로-시청 앞, 부산-대전-월명동 등의 아스팔트 위에서 왜 시위를 하게 됐을까? 이 평화시위에서는 기독교복음선교회(통칭 JMS) 교인들이 정명석을 어떻게 생각하는지가 적나라하게 드러났다.

뿐만 아니라 '나는 신이다' 보도 사건 이후 무 조건적으로 비판하거나 냉담한 상태에 있던 언론 매체들이 침묵을 깨고 이 사건을 있는 그대로 보도해주기 시작했다.

기독교복음선교회의 외침이 이 사회에 먹혀들기 시작했다.

나는 브레이크뉴스 2023년 8월 7일 자 "기독교복음선교회 '정명석 목사 무죄 촉구' 서울·대전 대규모 집회" 제목의 기사에서 기독교복음선교회 신자들이 정명석을 어찌 생각하고 있는지를 보도했다. 인용한다.

「기독교복음선교회(세칭 JMS) 교인협의회·대전 금산 교인연합회 측은 2023년 8월 6일 자 보도자료에서 "현재 JMS 정명석 목사의 재판이 기피신청 후 항고 절차가 이어지는 가운데, JMS에 대해 그동안 이어진 언론사의 왜곡 보도를 규탄하고 공정한 재판을 요구하는 집회가 7월 중반부터 매주 계속되고 있다"고 소개하고 "지난 2023년 8월 6일 오후 4시 서울시청 앞 대로, 5시 대전시청 앞 잔디광장에서 총 1만 5천여 명(기독교복음선교회 측 집계)의 기독교복음선교회(세칭 JMS) 회원들이 집회를 열었다"고 밝혔다.

이어 "서울-대전 두 곳의 집회 주최인 '기독교복음선교회 교인협의회'와 '대전 금산 교인연합회'는 대외에 JMS 측의 목소리를 내기 위해 선교회 교인들이 자발적으로 결성한 협의체다. 서울에서의 행사는 선교회 소속 교회 중 주님의 흰돌교회를 비롯한 서울 강북지역 교회가 주도했다"라고 덧붙였다.

▲JMS 내 여성 지도자들의 정명석 목사 증거=기독교복음선

교회(세칭 JMS) 교인협의회·대전 금산 교인연합회 측은 이 자료에서 "이번 행사엔 그동안 언론을 통해 형성된 정명석 목사에 대한 성범죄 프레임을 규탄하는 여성 지도자들의 외침이 이어졌다. 이들은 '정명석 목사는 여성 차별을 경계하고, 여성 교인들의 개성과 능력을 인정해 지도자들로 세워왔다'며 '선교회 내 여성 지도자들을 정명석 목사의 성 착취 대상으로 매도하고 선교회를 성적 음란집단으로 낙인찍는 행위를 중단하라'고 외쳤다."고 설명하고 "서울시청 앞 집회에서 주님의 흰돌교회 목회자 A 목사는 '40여 년간 지켜본 정명석 목사는 늘 예수님의 정신을 가르치고 제자들 앞에 본부터 보여주는 실천가의 삶을 살아오신 분'이라며 '존경하는 목사님을 성 착취범으로 만들고 우리를 공범으로 매도한 언론과 사회에 분노해 이 집회를 진행하게 됐다'"고 밝혔다.

또한 "행사엔 신앙 스타 출신 회원의 증언도 있었다. 선교회 교인협의회에 의하면 신앙 스타는 기독교복음선교회 내에서 결혼하지 않고 선교회의 복음 사역에 종사하는 회원을 의미한다. 그동안 신앙 스타 출신 탈퇴자들의 거짓 제보와 검찰 브리핑을 통해 신앙 스타가 정명석 목사의 성 착취 대상으로 매도됐다는 설명이다"고 주장했다.

행사에서 상영된 영상에서 본인을 신앙 스타로 밝힌 익명의 교인은 "주변인들에게 '1만 명 성폭행의 대상에 들었느냐'는 등 온갖 황당한 질문에 시달려왔다"며 "신앙 스타는 삶 가운데 예수님을 깨끗이 모시고 살아야 하는 어려운 길로, 결혼과 술 담배도 하지 않고 하나님을 모시는 삶을 보여주신 정명석 목사님이 신앙 스타의 모토"라고 밝혔다.

▲JMS 30년 차 교인들의 외침=이날 행사엔 JMS에 30년 넘게 신앙생활을 해온 교인들이 무대에 올라 정명석 목사의 진실 규명을 구했다. 현재 JMS 장로단 소속으로 밝힌 B 씨는 "33년간 정명석 목사의 수많은 설교를 들었지만 한 번도 예수님을 부인한 적이 없었고, 그 누구보다도 오직 예수님만이 그리스도임을 우리에게 가르쳐 주셨다"라며 "우리는 맹목적으로 믿고 따르는 세뇌된 광신도가 아니라, 그분의 행실을 통해 나타나신 하나님의 모습을 봤기 때문에 그를 존경하고 따르는 것"이라며, 언론의 편파 보도와 불공정한 재판에 대한 유감을 표했다.

70대 연로한 나이에 호소문을 외친 C 씨도 "나 같은 노인에게도 'JMS 교회에 다니냐'고 묻던 사람들의 당시 눈빛과 말이 잊혀지지 않는다"며 "지난 30여 년간 정명석 목사는 한 사람 한 사람에게 예수님의 참사랑을 보여주셨다, 그의 무죄를 꼭 밝혀 달라"고 호소했다.

이 행사에서는 예술제, 구호, 영상 상영이 이어졌다. 이 모임은 나라의 안보와 정명석 목사의 공정재판을 위한 기도회로 마무리됐다.

　행사 주최 측은 "언론사가 상업적 목적으로 제작한 편파적 방송으로 선교회 교인들은 직장과 가정에서 이루 말할 수 없는 정신·물질·경제적 피해를 입었다"면서 "정명석 목사의 무죄와 명예 회복을 위한 대(大)집회를 통해 잃어버린 진실을 바로잡고 공정재판으로 진행될 수 있게 할 것"이라고 강조했다.」

제6장

JMS 1만 명 교인들…
월명동에서 평화시위

일산 JMS 교회 소속 장혜경 교인 '정명석 목사 무고함' 호소

JMS 1만 명 교인들…월명동에서 평화시위

대전지법 "JMS 여목사 3명 구속영장 기각…증거인멸 염려 없다"

일산 JMS 교회 소속 장혜경 교인
'정명석 목사 무고함' 호소

나는 브레이크뉴스 2023년 9월 4일 자 "일산 JMS 교회 소속 장혜경 교인 호소문⋯'정명석 목사 무고함' 호소" 제목의 기사에서 장혜경 교인의 호소문을 소개한 바 있다. 인용한다.

「기독교복음선교회(통칭 JMS)는 지난 2023년 9월 2일 자 보도자료에서 "9월 2일 오후 4시 서울시 종로구 보신각 앞 광장에서 1천여 명의 기독교복음선교회(통칭 JMS) 회원들이 참여해 정명석 목사와 선교회에 대한 언론의 편파 보도를 규탄하고 공정재판을 호소했다. 이날 같은 시간에 선교회 본부가 있는 충남 금산군 월명동 수련원에서도 집회가 열렸다"고 밝혔다.

이 자료에서 보신각 행사에서 호소문을 발표한 일산 JMS 교회 소속인 장혜경 교인의 발표문을 소개했다. 기 자료에 따르면, 이 신도는 "나는 한때 무신론자였고 JMS를 강력하게 악평했었지만, 정명석 목사의 하나님과 예수님, 인류를 향한 진실한 사랑의 삶을 목격하고 편견이 무너지게 됐다"며 "남녀 간의 육적 사랑밖에 몰랐던 나에게 정명석 목사는 하나님을 향한 영적 사랑의 가치를 가르쳤다"라고 밝혔다.

보신각 집회 주최 측 담당자인 주요한 장로는 "이날 행사 중 하늘의 구름 속에 특이한 무지개가 보였다. 성경에서 무지개는 약속을 상징하는데, 바로 하나님께서 정명석 목사가 죄가 없음을 드러내고 무죄 판결로 이끄실 것이란 약속으로 보인다"라고 감회를 밝혔다. 아래는 장혜경 교인의 발표문 전문이다.

▲장혜경 교인의 호소문 〈전문〉=할렐루야 저는 기독교복음선교회 장혜경입니다. 오늘 이 뜻깊은 자리에 서게 해주신 하나님 성령님 성자 예수님께 감사드립니다. 지난 8월 20일 우리는 시청 앞 6차선 도로를 노란 물결로 가득 채우며 정명석 목사님의 억울한 재판 상황과 진실한 삶을 뜨겁게 외쳤습니다. 여전히 세상은 우리에게 냉담하고 언론은 우리의 외침에 침묵하고 있지만 우리는 이렇게 다시 모였습니다. 우리가 다시 모인 이유는 8월 20일 대 집회는 새로운 시작일 뿐 끝이 아니기 때문이며

우리는 정명석 목사님의 공정한 재판이 이루어지고 그의 진실한 삶이 제대로 알려질 때까지 끝까지 외치기로 더욱 결심했기 때문입니다.

저 또한 오늘 지금까지 제가 보고 겪은 정명석 목사님의 진실한 삶과 목사님의 억울한 재판 상황을 다시 한번 세상에 알리고자 이 자리에 섰습니다. 정명석 목사님을 만나기 전 저는 철저한 무신론자였고 지금 세상이 정명석 목사님을 오해하는 것 이상으로 목사님을 오해했던 사람이었습니다. 그랬던 제가 어떻게 지금은 기독교복음선교회에 있으며 지금 이 자리에서 정명석 목사님의 삶을 증거하고 있는가? 저의 오해와 편견이 무너진 결정적 이유가 있었습니다. 그것은 바로 정명석 목사님의 하나님을 향한, 예수님을 향한 인류를 향한 그 진실한 사랑 때문이었습니다.

복음을 전하다 무고하게 중국 공안에 잡혀 갖은 고문과 고통을 받으면서도 하나님 성령님 성자 예수님을 하루에 3천 번씩 찾고 부르며 오직 하나님 앞에 감사와 사랑만을 고백하셨던 그 감동적인 삶이 저의 무지와 편견을 무너트리고야 말았습니다. 이번 재판과 같이 증거 하나 없이 고소인의 거짓 주장과 들끓는 여론, 이에 편승한 재판관의 심증만으로 억울한 10년 선고를 받고서도 그는 하나님 앞에 절대 사랑과 충성으로 하나님의 뜻만을 행하셨습니다. 시대의 악함을 자신의 죄처럼 대신 회개하고 10년을 한결같이 하루 7시간씩 기도하며 그 지옥 같은 환경에서 4천 자루가 넘는 볼펜을 쓸 만큼 손이 닳도록 이 시대를 향한 예수님의 뜻을 전해주셨습니다. 그랬기에 저 같은 철저한 무신론자가 하나님을 예수님을 믿고 사랑할 수 있게 된 것입니다. 세상 그 어떤 누구보다 하나님과 예수님의 뜻과 심정을 제대로 알고 가르쳐주신 그 진실한 삶이 결국 콘크리트보다 더 단단했던 제 오해와 편견의 벽을 무너트리고야 만 것입니다.

남녀 간의 육적인 사랑이 사랑의 전부인 줄 알았던 제게 신을 향한 인간의 영적 사랑의 가치와 아름다움을 그 삶으로 가르쳐주신 분이 정명석 목사님이십니다. 그래서 저도 정명석 목사님처럼 남은 인생, 하나님을 예수님을 뜨겁게 사랑하며 살겠노라, 오직 그 뜻을 이루며 살겠노라 결심하게 되었고 지금 여기 이자리에 있는 것입니다.

저는 교통사고가 크게 난 적이 있습니다. 양측의 주장은 완전히 상반됐고 합의가 되지 않아 저는 경찰서에 고소장을 제출했습니다. 경찰에선 양쪽을 불러 그날 사고를 그림까지 그리게 하며 상세하게 기록하게 했고 사건 현장에 CCTV가 없자 경찰관들은 여러 차례 현장 조사와 컴퓨터 시뮬레이션까지 동원해서 피해자와 가해자를 가려냈습니다. 제가 고소장을 냈다고 저를 피해자로 대해주지 않았습니다. 모든 조사를 끝내고서야 조사 결과를 바탕으로 피해자와 가해자를 확인시켜 주었고 그에 따른 책임을 지게 했습니다. 이렇게 개인의 교통사고 하나도 조사가 끝나기 전까지는 어느 누구도 피해자와 가해자로 단정 짓지 않고 억울한 피해자가 생기지 않도록 첨단 방법을 동원하는데 과연 전 세계에 복음을 전하며 수많은 사람을 이끄시는 종교지도자 정명석 목사님의 재판은 어떻습니까? 정명석 목사님은 대한민국 헌법 제27조 제4항 피고인은 유죄 판결이 확정될 때까지 무죄로 추정된다는 무죄추정의 원칙하에 재판을 받고 있습니까? 지금 정명석 목사님은 법적 다툼이 진행 중인 데도 이 기본 권리마저 무참히 짓밟힌 상태에서 재판을 받고 있습니다. 철저하게 고소인들의 거짓 주장만으로 연출된 사기극 넷플릭스 '나는 신이다'가 방영된 후 사상 초유의 언론보도로 이미 정명석 목사님은 유죄-무죄를 가리기도 전에 가해자요 범죄자가 되어 버렸습니다.

언론보도의 기본은 공정성과 중립성입니다. 언론보도를 하기 전 고소인의 주장이 과연 사실이냐 이를 입증할 증거가 있느냐 있다면 그 증거물이 증거물로서 합당하냐 가장 먼저 사실 확인을 하는 것이 언론이 해야 할 첫 번째 일입니다. 그런데 대한민국의 언론은 어땠습니까? 사실 확인에는 관심도 없었고 고소인과 그 배후세력의 주장만을 받아쓰기에 급급했고 정명석 목사님을 끔찍한 범죄자로 몰아가는데 너도나도 앞장섰습니다. 저는 이 시간 지금의 대한민국 언론에게 묻습니다.

고소인이 제출한 유일한 증거물인 성 피해 녹취 파일이 원본이 아니며 원본이 담긴 아이폰은 팔아버렸다는 이 비상식적인 행위를 알고 있습니까? 목숨 걸고 보관해야 할 원본 파일이 담긴 핸드폰을 팔아버렸다는 고소인의 주장을 어떻게 생각하십니까? 또한 아이클라우드에 있다고 주장한 녹취 파일이 수사관에 의해 삭제되었다는 사실을 당신들은 알고 있습니까? 삭제 버튼을 최소 3번은 눌러야 하고 일부러 휴지통에 가서 삭제해야 지울 수 있는 이 파일이 이제는 아예 본적도 없다고 진술하는 이 웃지 못할 촌극이 대한민국 법정에서 이루어지고 있다는 것을 알고 있습니까?

도대체 원본 파일에 무엇이 담겨 있길래 고소인은 팔아버리고 수사관은 삭제해 버리고 검찰은 이 모든 증거인멸 행위를 묵인한다는 말입니까? 이것은 원본 파일로는 절대 정명석 목사님의 유죄를 입증할 수 없다는 것을 그들 스스로가 말해주는 것이며 정명석 목사님의 무고함을 명백히 드러내는 증거입니다. 국내 국립과학수사연구소와 대만 포렌식 음성분석연구소 모두 고소인이 제출한 이 녹취 파일에 문제가 있다고 했습니다. 여러 번 편집된 흔적이 보이니 원본 파일을 다시 제출해야 한다고 했습니다. 이 녹취 파일이 고소인이 제출한 유일한 증거물인데 국내외 전문기관에서 모두 의문을 제기했다면 이 녹취 파일은 증거 능력이 있습니까? 없습니까?

이제 이 땅의 언론은 대답해 보십시오. 이렇게 명백한 사실이 있는데도 왜 이 땅의 언론은 눈을 감고 귀를 막고 입을 닫고 있는 것입니까? 진실 앞에 서는 것이 두렵습니까? 지금까지 자신들이 보도했던 방향을 뒤집는 행위라 부끄럽습니까? 더 부끄럽기 전 이제라도 거짓이 아닌 진실 앞에 서기를 강력히 촉구합니다.

월명동 자연성전에 있는 각종 예술 작품은 하나님 것이니 만지지 마라 손가락 발가락 같이 가는 부분은 만지기만 해도 부러지니 만지지 말라는 내용에 이상한 여자 신음소리를 삽입하여 마치 성범죄 현장의 상황처럼 조작하는 '나는 신이다'와 같은 끔찍한 사기 방송 조작방송 쓰레기 방송은 이제 이 땅에서 완전히 사라져야 하며 기본적인 사실 확인도 하지 않고 자극적인 내용만을 경쟁적으로 쓰는 부끄러운 언론의 행태도 이제 종식되어야 합니다. 더군다나 이런 여론 재판에 영향을 받아 신성한 대한민국 법정에서 무죄추정의 원칙이 훼손되고 증거재판주의라는 법질서가 무너져서는 절대 안될 것입니다.

그런데 지금 재판부는 여론 재판의 연장선상에서 정명석 목사님을 이미 가해자로 범죄자로 몰아가는 불공정 불평등 재판을 진행해 왔습니다.

재판부는 '나는 신이다' 방송 이후 정명석 목사님에 대한 부정적 여론이 거세지자 재판 일정을 갑작스럽게 변동하여 구속기간 내에 종결하겠다고 했습니다. 이 사건은 쟁점이 많아서 짧은 시간에 공판 절차를 마무리하는 것이 불가능한데도 이를 무시하고 재판을 진행했습니다. 그토록 재판을 빨리 끝내려는 의도가 무엇입니까? 이미 판결은 정해졌으니 재판 절차는 그저 요식행위에 불과하다는 의미입니까? 또한 경찰 수사관 보고서와 실제 현장 상황이 너무 달라서 변호인이 현장 검증을 몇 번이나 요청했는데도 재판부는 수사관의 보고서가 충분하다며 현장 검증을 거부했습니다. 현장 검증조차 이렇게 부실하게 하는데 어떤 검증이 제대로 이루어질 수 있겠습니까?

재판부는 검사 측 증인을 대신해서 답변을 하거나 해석해주는 편파적인 모습을 보여주었고 검사 측 증인이 변호인에게 손가락 욕설을 하는 등 무례한 언행을 반복했지만 제지나 경고조차 하지 않았습니다. 이는 암묵적으로 고소인을 편드는 행위가 아니고 무엇이란 말입니까? 이러고도 재판부가 중립성을 지켰다고 할 수 있습니까?

정명석 목사님의 다수 증인에겐 겨우 3시간의 신문 시간만 주었으나 검찰 측 소수 증인에게는 며칠에 걸쳐 상당 시간을 할애해주는 형평성에 벗어난 모습을 보였습니다. 또한 정명석 목사님 증인신문에 대해서 어차피 교회 사람들이고 그런 사실 없다고 할 것 아니냐며 진술서로 대체하라 했습니다. 어째서 고소인 증인의 말은 긴 시간 직접 들으면서 정명석 목사님 증인의 말은 마치 들어보나마나라는 듯이 서면으로 대신하라는 것입니까?

정명석 목사님 변호인은 고소인이 제출한 녹음 파일의 증거 능력에 문제가 많으니 그 파일을 공개해 달라고 요청했습니다. 그러나 재판부는 고소인의 사생활 보호를 이유 들어 거부했습니다. 조작된 녹취 파일로 정명석 목사님의 인권은 이렇게 짓밟히고 있는데 고소인의 사생활은 철통같이 보호하려는 그 의도는 무엇입니까? 도대체 이 재판은 누구를 위한 재판입니까? 고소인에 의한 고소인을 위한 재판입니까? 이것이 한 명의 억울한 자도 만들지 않겠다는 무죄추정의 원칙이 지켜지고 있는 재판 현장이란 말입니까? 형평성도 없고 중립성도 잃은 이런 원시적인 재판장에서 도대체 무엇을 근거로 정명석 목사님의 유죄-무죄를 가리겠다는 것입니까? 이것만으로도 지금 정명석 목사님은 불공정하고 불평등한 재판을 받고 있음이 너무나도

명백합니다. 헌법상 기본권도 보장되지 않는 불공정하고 불평등한 재판이기에 우리는 이 재판을 기피신청한 것이고 정명석 목사님이 대한민국 국민으로서 공정한 재판을 받을 너무나 당연한 기본 권리를 당당하게 요구하고 있는 것입니다.

구약성서의 하나님의 사람 요셉은 보디발의 아내를 겁탈하려고 했다는 억울한 누명을 쓰고 옥살이를 하면서도 하나님께 충성하자 하나님께서는 결국 요셉을 애굽의 총리대신으로 세우셨습니다. 또 메시아 예수님은 세상을 구원하러 이 땅에 오셨지만 그토록 메시아를 기다렸던 유대인들에게 이단이요 적그리스도 취급을 받고 갖은 조롱과 멸시를 받으며 신성 모독죄로 그 시대 최고형인 십자가에 매달리는 고난의 길을 가셨지만 결국 그 이름으로 이 땅의 모든 사람들이 영원한 사망의 해를 받지 않고 구원을 받게 하신 하나님이심을 우리는 알고 있습니다.

이 시대 정명석 목사님 또한 조롱과 멸시 억울함 속에서도 오직 하나님 예수님을 사랑하여 이 시대의 악함과 무지함을 대신 회개하며 이 땅에 하나님의 뜻이 정녕코 이루어지길 쉬지 않고 기도하며 행하고 계십니다. 우리는 정명석 목사님과 함께 하나님께서 지금의 이 모든 상황을 주관하시고 이끄시도록 더욱 기도하며 행할 것입니다. 선의 편이시며 공의로우신 하나님께서 참과 거짓, 선과 악을 모두 드러내시고 정명석 목사님의 진실한 삶을 친히 증거해 주시며 그의 명예를 회복시켜 주실 줄 믿습니다. 또한 앞으로 우리는 우리가 가는 길에 어떤 어려움이 있을지라도 정명석 목사님의 진실한 삶을 보고 듣고 겪은 유일한 증인으로서 정명석 목사님에 대한 왜곡된 사실을 바로 잡고 확실한 증거에 의한 공정한 재판이 이루어질 때까지 끝까지 외치고 증거할 것입니다.」

JMS 1만 명 교인들…
월명동에서 평화시위

구속상태에서 재판을 받고 있는 기독교복음선교회(세칭 JMS) 정명석 목사가 속해 있는 교단 신도들의 정명석 목사 명예 회복을 위한 평화시위가 잇따라 열렸다.

기독교복음선교회(세칭 JMS) 측은 9월 2일 자 보도자료에서 "기독교복음선교회(세칭 JMS) 정명석 목사의 명예 회복을 위한 교인들의 자발적 외침이 7월 16일부터 매주 계속되고 있다"고 전제하고 "기독교복음선교회 금산교인협의회는 10번째 평화집회를 충남 금산군 월명동수련원에서 개최했다"고 밝혔다.

기독교복음선교회(세칭 JMS) 측은 이 자료에서 "지난 2023년 8월 20일 5만 여 명이 운집한 서울집회에서는 월남전에 두 번

참전한 국가유공자인 정명석 목사의 월남전 참전기를 영상으로 상영하며 베트남전 파월한국군 총사령관 채명신 장군, 로버트 폴리 중장, 최희만 대령 등의 영상 인터뷰가 이어져 눈길을 모았다. 채명신 장군은 정명석 목사에 대해 '100명의 베트콩을 놓치더라도 1명의 양민을 보호하라'는 사령관의 작전지침을 가장 잘 이해하고, 전장에서 목숨을 걸고 실천한 '훌륭한 정신적 지도자'라고 칭찬한 바 있다"고 소개했다.

지난 2023년 9월 2일 오후 4시, 1만 여 명(주최측 집계)의 JMS 교인들이 충남 금산군 월명동 수련원에 모였다. 이번 집회에는 월명동을 사랑하는 금산 사람들, 학생인권보장위원회, 월남참전총연합회, 초교파초종교연합회 등 사회단체들이 후원으로 참여했다.

정명석 목사의 고향인 충남 금산군은 기독교복음선교회 본부와 월명동 자연성전이 위치한 곳. 기독교복음선교회(세칭 JMS)의 많은 교인들이 이 지역에 거주하고 있다. 기독교복음선교회(세칭 JMS) 측은 "지난 3월 OTT 영상물 '나는 신이다-JMS편' 상영 직후 금산지역 JMS 회원들이 어느 지역보다 심한 피해를 입었다."면서 "이번 집회가 금산 지역 주민들의 우리를 향한 편견과 오해를 풀고 모두가 화합되는 계기가 되었으면 한다"고 피력했다.

기독교복음선교회(세칭 JMS) 측은 "이번 집회에서는 JMS 회원들이 금산군 지역에서 입은 인권침해, 경제적 피해 등을 밝히고, 마녀사냥을 그쳐줄 것을 호소했다"면서 "남성·여성 신앙스타 회원들도 나서 그동안의 언론보도로 가려진 정명석 목사의 진실을 규명하고, 넷플릭스 '나는 신이다'의 왜곡 실상을 밝히며, JMS 회원들의 명예 회복과 공정 재판을 촉구했다"고 전했다.

기독교복음선교회(세칭 JMS) 측의 보도자료에 의하면, 이날 금산군 월명동 집회에는 금산군 거주 선교회 회원, 남성, 여성 신앙스타 회원이 무대에 올라 그간 정명석 목사와 선교회에 대한 미디어의 왜곡 보도로 입은 피해를 발표했다. 본인을 금산군 거주민으로 소개한 한 대학부 회원은 "선교회 회원들은 그동안 금산 지역사회 발전에 도움을 주고자 성실히 노력해왔음에도 JMS 교인이라는 이유로 심한 차별대우를 받았다"면서 "충남 금산군 출신인 정명석 목사의 진실에 귀를 기울이고 바로 대해 주기를 바란다"고 요망했다. 무대에 오른 또 다른 선교회 회원은 "왜곡된 방송으로 인해 자녀들마저 JMS 회원이라는 이유로 학교 폭력을 당하는 등 힘겨운 일상을 감내하고 있다"면서 "여론 재판이 아닌 공정한 재판으로 우리 아이들이 희망을 갖고 성장할 수 있는 나라로 만들어 달라"고 호소했다. 또한 금산 출신 JMS 2세이자 여성 신앙스타인 정연실 회원과 선교회 내 남성 신앙스타 대표로 무대에 오른 정대운 목사는 "신앙스타는 오직 예수님 사랑으로 말씀 실천하며 평생을 살아오신 정명석 목사의 가르침을 본받아 선택한 명예로운 길"이라며 "선교회와 신앙스타를 향한 인격모독과 근거 없는 비방을 멈춰 달라"고 앙망했다. '신앙스타'란 이 교단 안에서 결혼을 하지 않고 복음사역에 집중하는 사람들인데, 반(反) JMS 활동가들과 언론보도에 의해 정명석 목사의 성 착취 대상으로 매도됐다고 주장했다.

이날 평화시위에서는 영상을 통해 '나는 신이다-JMS 편'이 어떻게 정명석 목사와 선교회를 왜곡 보도했는지 주요 내용을 공개했다. 영상은 '나는 신이다'에 나온 정명석 목사의 음성파일은 정명석 목사의 일상적 대화를 조작, 편집하여 성과 관련한 선정적 대화로 둔갑시킨 것이라고 설명했다. 해당 음성 파일은 실제 권위 있는 포렌식 음성분석기관에서 분석 결과 편집된 흔적이 있음이 확인됐다고 밝혔다. 이 외 '나는 신이다-JMS 편'에서 반 JMS 활동가들이 정명석 목사가 회원들을 면담하는 현장을 무단 침입해 마치 성범죄 현장을 급습한 것처럼 방영한 점, 제작사가 대역 배우를 성 피해자로 허위 표기한 점 등 왜곡 내용을 조목조목 해명했다. 이후 MBC PD수첩과 SBS 그것이 알고 싶다에 등장한 나체 석고상, 조각상도 조각가 개인의 작품임에도 정명석 목사의 성 착취 증거라고 보도한 사실을 규탄했다.

기독교복음선교회(세칭 JMS) 측은 공정재판호소문을 통해 "그

동안 정명석 목사 재판 중 드러난 고소인들의 의심스러운 행적과 재판부, 검찰의 불공정한 재판을 비판하고, 윤석열 대통령에게 공정한 재판"을 호소했다. 호소문에서는 "고소인 A양은 정명석 목사의 세뇌로 인한 항거불능 상태에서 성 피해를 입었다고 주장하나, 이것이 거짓임을 입증하는 결정적 증거가 다수 존재한다"고 강조했다. 김국현 교수는 호소문에서 "남자친구의 권유로 의도적으로 성 피해 현장을 녹음했다고 하지만 본인이 주장하는 항거불능 상태에선 불가능한 일"이라며 "무엇보다 A양은 본인이 피해를 당했다고 주장하는 기간 동안 일기장에 정명석 목사가 출소하기 전, 매일 껴안고 입 맞추고 사는 것을 상상했다가 이것이 이뤄지지 않아서 실망했다고 기록했는데 이는 정명석 목사에게서 어떠한 성 피해도 없었음을 입증하는 결정적 문장"이라고 말했다. 김 교수는 정명석 목사의 재판 중 경찰의 조작 수사 의혹을 제기했다. 그는 "고소인 M양은 결정적 증거인 휴대폰을 팔아버렸다고 했으나, 검사는 휴대폰에 저장된 녹취파일은 아이클라우드에 저장되어 있으니 휴대폰이 없더라도 원본 증거로서 문제가 없다고 하였다. 그러나 지난 4월 3일 8차 재판에서 검찰은 이 아이클라우드 파일을 수사관이 법정시연을 위해 클라우드를 조작하던 중 버튼을 잘못 눌러 실수로 삭제했다고 발표했다. 아이클라우드에서 파일을 삭제하려면

3번의 클릭이 필요하고 휴지통 복구도 가능하다"고 역설하면서, 검찰의 증거 인멸 의혹을 제기했다. 김 교수는 "2023년 5월 16일 9차 재판에서 수사관은 '고소인의 아이 클라우드 계정에서 파일을 확인했다'고 작성한 압수조서를 번복하고, 아이클라우드에서 파일을 확인한 사실이 없다고 진술했다. 실수로 조서를 잘못 썼다는 것이다. 게다가 검찰은 녹음파일을 복사한 증거 CD가 보관 중에 훼손되었다고 발표했다. 이 모든 실수가 우연히 일어날 확률이 얼마나 되겠느냐?"고 성토했다.

집회를 후원하는 초교파초종교총연합회 대표이자 자유총연맹 및 서울특별시 종교특별위원회 대표, 국제기독교선교협의회 총재인 이기철 목사는 "금산군 월명동 자연성전은 많은 기독교 목사들과 종교회장들과 함께 수차례 방문했을 때 모두가 극찬했던 곳으로, 고소인들이 주장하는 사건이 일어날 은밀한 장소가 없음에도 현장 검증 없이 재판이 진행된 것이 유감"이라고 표명했다.

한편 현재 정명석 목사 관련 재판은 법관 기피 신청이 기각돼 즉시 항고장을 제출한 상태. 지난 8월 17일 정명석 목사 측은 공정한 재판을 하고 있지 않다는 이유로 법관 기피 신청을 요청했고, 재판부는 재판을 지연시킬 목적이 없다고 판단해 해당 소송을 정지했다.

기독교복음선교회(세칭 JMS) 측은 "검찰과 경찰의 증거조작 의혹이 있는데도 재판부는 포렌식 정밀분석을 위한 증거 CD 등 사요청을 받아들이지 않았고, 잇따른 예단 발언으로 불공평한 재판 진행을 해왔다. 부디 증거조작을 밝혀내서 공정한 재판을 하기 바란다"고 성토했다.

〈위 내용은 브레이크뉴스 2023년 9월 2일자에 보도된 'JMS 1만 명 교인들⋯월명동에서 정명석 목사 명예회복 위한 평화시위'라는 제목 기사의 전문이다.〉

대전지법 "JMS 여목사 3명 구속영장 기각…증거인멸 염려없다"

정명석 사건 관련 재판은 대전지법에서 맡고 있다. 기독교복음선교회(통칭 JMS) 교인들이 정명석 목사의 무죄와 여론재판을 비판하는 대규모 집회가 매주 진행되는 가운데 이 범죄와 연관성이 있는 JMS 여목사 3명이 재판부에 의해 구속이 기각되는 결과가 도출됐다.

기독교복음선교회(통칭 JMS)는 지난 2023년 8월 30일 자의 보도자료에서 "기독교복음선교회(통칭 JMS) 총재 정명석 목사의 여신도에 대한 성범죄에 가담한 혐의를 받는 JMS 간부 3명에 대한 구속영장이 기각됐다"면서 "대전지법의 영장전담 부장판사는 2023년 8월 29일 전날 오후부터 준(準) 유사강간 방조 등 혐의를 받는 A(29) 씨 등 JMS 여성 목사 3명에 대해 구속 전 피의자심문(영장실질심사)을 한 뒤 구속영장을 모두 기각했다"고 밝혔다.

영장전담 부장판사는 구속 기각 사유 결정문에서 "인과관계 등에 다툼의 여지가 있어 불구속 상태에서 방어권을 보장할 필요가 있고, 주거가 일정하며 도망할 염려가 있다고 보기 어렵다"고 설명했다. "증거자료가 대부분 수집돼 증거를 인멸할 염려가 있다고 보기 어렵다는 점"도 고려된 것으로 시사된다.

이와 관련, 기독교복음선교회(통칭 JMS) 관계자는 "이번 기각은 당연한 결과이며 정명석 목사 음해세력의 계략을 밝히고 진실을 드러내기 위해 최선을 다 할 것"이라고 밝혔다.

대전지검은 지난 5월, 기독교복음선교회(통칭 JMS) 정명석 목사의 후계자로 불리는 'JMS 2인자' 김지선 씨를 비롯한 여성 간부 6명을 준(準) 유사강간 등 혐의로 기소했다. 이후 대외협력국 남성 간부 2명도 증거인멸교사 혐의로 불구속 기소됐다.

한편 기독교복음선교회(통칭 JMS) 정명석 목사는 2018년 2월부터 2021년 9월까지 충남 금산군 월명동 수련원 등에서 홍콩 국적 여신도와 호주 국적 여신도 등에 대한 준(準) 강간 혐의로 구속기소 돼 현재 1심 재판을 받고 있는 중이다. 재판부의 이 결정이 정명석 목사의 구속수사에 어떤 영향을 미칠지 주목된다.

기독교복음선교회(통칭 JMS) 관계자는 "이번 기각은 당연한 결과이며 정명석 목사 음해세력의 계략을 밝히고 진실을 드러내기 위해 최선을 다 할 것"이라고 밝혔는데, 재판부가 정명석 사건 관련자들의 구속을 기각한 것으로 봐, 재판부도 재판에서 시각의 조종이 있었음을 시사했다는 점이 주목된다.

제 7장

정명석과 그 교단은 들씌워진
덫(트랩=trap)을 파괴하라!

새 종교 지도자를 국익 전도사로 향도(鄕導)해야

정명석과 그 교단은 들씌워진 덫(트랩=trap)을 파괴하라!

충청도의 한계, 안타깝도다!

월남전에 함께 참전했던 전우(戰友)의 증언

참전용사들을 대통령은 못 시킬망정…

새 종교 지도자를
국익 전도사로 향도(嚮導)해야

교황청은 중앙집권 체제이다. 이로 인해, 한국 가톨릭이 교황청에 보내는 헌금은 엄청난 액수일 것이다. 한국산 종교가 번창해서 외국은 신도들이 한국에 헌금을 보낸다면 그 종단-교단은 국익에 기여하는 종단-교단일 것이다. 정명석이 일군 교단은 이미 국익 종교기관의 역할을 해내고 있다.

1954년 창교한 통일교(세계기독교통일신령협회), 이 교단의 문선명 교주(1920~2012)는 1954년 5월부터 2012년 9월까지 58년 간 종교 활동을 했다. 통일교(1997년 세계평화통일가정연합으로 개칭)는 문선명 교주 재세(在世)에 세계적인 선교기반을 닦은 한국산 종교이기도 하다.

이 교단은 한국 산(産) 개신교단이다. 세계로 전파됐다. 일본에서 확보된, 정예 신도 수는 3만여 명으로 알려져 있다. 그간 세계에서 모아진 헌금들을 한국으로 들여와 쓰여졌다. 국익(國益) 종교인 것이다. 문선명 교주 같은 한국 사람이 많을수록, 한국은 부자국가로 가게 돼 있다. 미국의 몰몬교를 보면 안다. 세계인을 상대로 전교하고 있다. 그들은 미국의 국익에 봉사한다.

나는 브레이크뉴스 지난 2023년 7월 21일자 "새 종교와 새 종교의 지도자들이 국익 전도사로 거듭나게 향도(嚮導)해야" 제목의 글에서 "한국인들이 만든 문화가 새롭다는 것은 '창조적'…한국인들이 만들어낸 종교 역시 그런 대우를 받아야 한다"고 썼다. 인용한다.

「한반도는 1950년~1953년, 3년간 민족 내전을 치렀다. 이 전쟁에서 몸으로 체험한 것은 적(敵)을 죽이지 않으면 내가 죽는다는 사실이다. 전후(戰後) 지금까지도 이러한 전쟁심리의 영향권에서 살았다. 대중(大衆)이 안심입명을 찾던 시기에 신흥(新興) 종교=새 종교들이 다수 출현했다. 더러는 이 교단-종단 안에서 평안을 찾았다. 기성종교들은 이 신흥종교를 포용하기 보다는 배타적인 자세를 취했다. 신흥종교를 사이비시하는 경향이 사회 내부에 존재해왔다.

2023년 오늘날의 대한민국은 경제적으로 세계 상위국에 진입돼 있다. 한국은 세계적인 주류 국가이고, 한국인은 세계 속에서 존경 받는 국가의 시민(市民)이 됐다. 한국인들이 세계 그 어디를 가든, 존경과 대우를 받는 시민인 된 것이다.

한국인들은 이쯤해서, 새로운 그 문화에 대한 시각 조종(操縱)이 필요한 시기가 됐다. 한국인들이 만든 문화가 새롭다는 것은 창조적이라는 뜻이고, 창조적이라 함은 세계적이라는 말과 통할 수도 있다. 한국인들이 만들어낸 종교 역시 그런 대우를 받아야 한다는 의미이다.

근래, 기독교복음선교회(일명 JMS) 정명석 목사의 준(準) 강간 혐의에 대한 재판과정에서 그를 향한 비난이 거세다. 비판을 받아야 할 확신한 팩트(사실)가 있다면 비판을 받는 게 옳다. 그러나 사실과 동떨어지게 왜곡-과다하게 비판하는 것은 국익(國益)을 훼손하는 일일 수 있다.

나는 그런 의미에서 JMS 정명석 목사 사건을 주시해왔고, 이와 관련된 칼럼을 여러 편 써왔다.

종교 간 갈등이 있는 사회는 불행하다. 중동의 오늘날이 증거해주고 있다.

대한민국의 경제력은 세계 상위 수준이 됐다. 대한민국은 잘 사는 국가가 된 것이다. 한국인들이 창조적으로 추진해온 연예-공연 문화사업들은 세계적이 돼 가고 있다. 각광을 받고 있다. 종교 문화도 마찬가지라고 생각한다. 한국 산(産) 신흥종교들은 전쟁을 치른 국가에서 태생했기 때문에 평화가 얼마나 고귀한지를 이야기해왔다. 신흥 종교에 꽂혀 있던 사이비(似而非)-저주(詛呪)의 관행을 벗겨낼 시대가 도래했다. 그러한 신흥종교-새 종교도 세계적으로 내세울 수 있는 이론 체계를 갖추고 있기 때문이다.

대한민국 사람들은 이제 스스로를 존경할 때가 다가왔다. 내부에서 숙성된 토착문화를 존대하게 되면, 세계적인 문화로 거듭나는 시대가 왔기 때문이다. 과도한 비판, 없는 사실을 있는 것처럼 왜곡하는 후진적인 습관에서 벗어나야 한다.

나는 코로나19 전염초기, 이 질병의 최초 전파과정에서 사회적인 이목을 집중시켰던 신천지예수교증거장막성전(이만희 총회장)과 관련해서도 사실 기록에 앞장섰다. 이 교단은 국내 35만명, 해외 150만 명의 신도 세(勢)를 지녔다. 준 강간혐의로 재판중인 기독교복음서교회(JMS) 정명석 목사 사건, 허경영 씨 종교활동 등에 대해서도 사실을 기록하려고 노력했다. JMS 교단의 전 세계 신도 수는 7만 5천 여 명 정도로 알려지고 있다.

나는 "왜 신천지예수교회, JMS, 허경영 같은 교단-종교인들을 두둔하느냐?"라고 핀잔하는 말을 듣기도 했다. 기자란 어떤 일을 하는 사람인가? 사실을 기록하는 일을 하는 사람이다. 기자로서, 사실기록이 우선이라고 보았다.

정명석 목사 사건의 경우, 피해여성 이름이 한 명도 제대로 거명되지 않은 사건인데, 여성 1만 명 이상을 성폭행했다는 류(類)의 과도한 뻥 튀기식 언론보도는 근절(根絶)되는 게 마땅하다.

로마 교황청(가톨릭)은 중앙집권 방식이라 헌금이 교황청으로 모아진다. 1954년에 창립한 세계기독교통일신령협회(일명 통일교-문선명 교주)는 해외 선교에 성공, 대한민국으로 헌금이 송금되는 구조이다. 이처럼, 종교의 해외 선교는 국가로 봐선 일종의 문화 상품이다.

한국어인공지능학회 이대로 회장은 "한국은 분열과 종교 늪에 빠져서 밤낮 싸우고 허우적거리느라 온 힘을 헛되게 써버리고 있다. 빨리 자주정신으로 무장하고 스스로 나라를 지킬 힘을 키워야 한다"고 지적했다.

대한민국은 이제 세계 속의 상위 국가로 거듭났다. 과거의 대한민국이 결코 아니다. 한국산 종교-신흥종교-새 종교들도 대한민국의 창조적인 문화(종교) 산업 중의 하나이다. 이제는 이들 종교 단체들이 세계를 상대로 정정당당하게 활동할 때가 되었다. 이미 신천지예수교회, JMS, 허경영 같은 교단조직-종교인들도 글로벌화 했다. 세계 속의 한국종교로 맹렬(?)하게 활동하고 있는 것. 이런 즈음에 그들이 지닌 구조적인 모순을 탁마(琢磨)하고, 이념을 재정비해 글로벌 이념체계로 탈바꿈시키고, 새 종교와 새 종교의 지도자들이 국익기관-국익의 전도사로 거듭나도록 향도(嚮導)해야 할 것이다.」

정명석과 그 교단은
들씌워진 덫(트랩=trap)을 파괴하라!

정글을 누비던 원숭이가 사람들이 원숭이를 생포하기 위해 놓은 덫(트랩=trap)에 걸리기 전, 그 원숭이의 두 손은 축복받은 생명의 손이었으리라. 원숭이는 정글에서 그 두 손으로 먹이를 취하고, 자신과 가족을 먹여 살렸다.

한국기독교복음선교회와 정명석은 과연 어떤 덫(트랩=trap)에 걸렸을까? 그 덫(트랩=trap)은 내부가 놓았는지? 외부가 놓았는지? 이탈(離脫) 세력이 놓았는지? 하여튼 그 덫(트랩=trap)에서 탈출해야만 한다. 그 덫(트랩=trap)을 벗어나 종교의 본질인 사랑의 정글, 자비의 야성(野性)으로 되돌아가야만 한다.

정명석에 펀치를 가한 신종 매스컴이 있다. 'OTT(Over-the-top)'이다. OTT란 영화, TV 방영 프로그램 등의 미디어 콘텐츠를 인터넷을 통해 소비자에게 제공하는 서비스이다. OTT를 통해, 집 안에서 자유롭게 영화를 보는 시대인 것. 각종 영화를 탑재한 넷플릭스가 인기를 독차지하고 있다. 그런데 이 OTT가 미디어(언론) 영역까지 침범, 미디어 영역을 빼앗고 있다. 'OTT'가 기존의 언론매체들에게 독약이 묻은 죽음의 칼을 들고 달려들고 있는 것. 우선, 정명석은 넷플릭스의 공격을 받은 대표적인 인물로 꼽힐 수 있다.

OTT 저널리즘이 어떤 것일까? 월간《신문과 방송》2023년 5월호가 "OTT 저널리즘"이라는 특집을 꾸몄다. 신문과 방송은 "OTT 저널리즘"이란 특집을 꾸민데 대해 "OTT가 드라마와 예능을 넘어 다큐멘터리까지 선보이고 있다. 사이비 교주의 실체를 폭로한 넷플릭스 '나는 신이다'는 JMS 정명석 측이 방송 금지 가처분 신청에 나서며 화제가 됐다. 이는 우리나라 넷플릭스 오리지널에 가처분 신청이 제기된 첫 사례로, OTT의 사회적 영향력이 그만큼 커졌다는 뜻이기도 하다"고 설명하면서 "해외에는 OTT 저널리즘이라는 용어가 없다. 넷플릭스에는 500여 편이 넘는 오리지널 다큐멘터리가 있지만 이를 저널리즘으로 보진 않는다. 콘텐츠 라이브러리 확보 차원에서 다뤄지는 경우가 많다"고 지적했다.

이어 "'정치 유튜브를 언론으로 볼 수 있느냐'는 문제처럼, OTT 다큐 또한 같은 문제에 부딪힐 가능성이 크다. OTT의 경우 방송법이 적용되지 않기에, 심의 측면에서도 여러 의견이 나올 수 있다. '나는 신이다'의 경우에도 선정성, 폭력성에 대한 논란이 있었던 것처럼"이라면서 "OTT는 어디서 규제할까? 현재 국내 영상 콘텐츠 관련 주무기관은 문화체육관광부이다. 그러나 규제 권한은 과학기술정보통신부와 방송통신위원회에서 갖고 있다. 이 두 기관은 각각 '시청각미디어법'과 '디지털동영상미디어법'의 입법을 준비 중이다. 법과는 별개로 자율규제제도를 도입해야 한다는 의견도 있다. OTT가 그간 방송에서 다루지 못했던 영역을 다룸으로써 날것 그대로를 볼 수 있게 되고, 이런 이유 때문에 시청자의 관심을 끄는 것은 사실이다. OTT 콘텐츠도 사회적 문제를 취재하여 심층적으로 다룰 수 있는 기반이 마련돼야겠다"고 강조했다.

정명석은 이중(二重)으로 당했다. 한국의 거대 방송사인 MBC는 '나는 신이다(정명석 비판 프로)'라는 제목의 탐사보도물을 제작, 지난 2023년 3월 3일 오후 5시에 OTT인 넷플릭스를 통해 공개했기 때문이다. 우리나라의 새로운 종교를 주제로 한 8부작 프로였다. 이 작품의 인터넷 상영은 세계적으로 빅 히트를 쳤다. 그리하면서, OTT의 매체화(저널리즘화)가 새로운 문제로 등장했다. 최근 20여 년 간, 미디어 업계는 심한 변동에 휩싸였다. 공중파 방송들은 시청률 급전직하 속에서 생존을 고민해왔다. 인터넷 세상이 되면서 시청자를 인터넷에게 빼앗겼다. 미디어 화 한 유튜브에게도 시청자를 빼앗겨 몸살을 앓고 있는 것. 그런데 최근에는 OTT가 등장, 저널리즘 세계를 난타하고 있는 실정이다. OTT는 순식간에 대량전달 매체로 진화-발전됐다. 그래서 OTT 뒤에 '저널리즘'이란 용어를 붙여 'OTT 저널리즘'이란 단어를 만들어냈다.

매스커뮤니케이션-매스미디어는 대량 전달(大量 傳達)을 전제로 한다. 소통(疏通)기술의 진화로 인해, 탁월한 대량전달 수단이 새롭게 태어나고 있다. 최근 미디어를 위협하는 OTT도 그중의 하나이다. OTT 이후, 또 그 무엇이 대량전달의 매체로 등장할까? 기존의 언론-미디어 날로 진화하는 새로운 대량전달 기술의 현실화로 도전을 받고 있다.

정명석을 다룬 '나는 신이다'의 경우, 선정성과 폭력성에 대한 논란을 불러일으켰다. 정명석은 이 시대의 공룡처럼 등장한 OTT 저널리즘에 한방 크게 맞고 비틀거리는 신세가 됐다. 무섭도다.

충청도의 한계, 안타깝도다!

국가가 용병으로 보낸 월남전 병사들, 그 전쟁터에서 목숨을 걸었던 정명석이다. 그러하니, 그는 그 누구보다도 이 지구촌에 평화가 얼마나 귀중 한 지의 메시지를 인류에게 전하고 싶어 할 것이다. 그게 정명석 목사의 소명(召命)일 수도 있다. 정명석과 그 교단은 자신들에게 들씌워진 덫(트랩=trap)을 장렬하게 파괴하고, 줄탁동기(啐啄同機=병아리가 알의 껍질을 깨기 위하여 쪼는 짓)를 해야 할 때이다.

그리고 정명석은 충청남도 금산군 진산면 월명동 출신이다. 경상도-호남은 영호남 싸움이 지속됐다. 경상도는 '우리가 남이가~'가 있다. 그리하여 뭉친다. 호남은 호남향우회가 있다. 호남인들은 전 세계 어디에 가든 끼리끼리 뭉친다. 그런데 충청도 사람들은 그게 아니다.

정명석은 군 복무 시절, 두 번에 걸쳐 월남전에 파병됐다. 죽음의 사지(死地)에서 살아 왔다. 정명석은 그때 받은 용병의 몸값을 들고, 고향인 충청도로 향했다. 그리하여 고향에 거대한 '자연성전(47만 평)'을 만들었다. 고향인 충청도를 지극하게 사랑했던 사람이다. 그런데도 충청도 사람들은 정명석 같은 고향 사랑인물을 왜 키우지 못하는 것인가? 충청도의 한계인가? 안타깝도다!

월남전에 함께 참전했던
전우(戰友)의 증언

　　나는 이 책의 마지막에 정명석과 함께 참전했던, 한 전우(戰友)가 남긴, 정명석에 관한 글 내용을 상재(上梓)한다. 그는 두 번이나 월남전에 참전했다가 살아온, 아주 특별한 사람이기 때문이다.

　　기독교복음선교회 공식 홈페이지에는 정원도 씨가 베트남 전쟁에서 정명석을 만났을 때의 회고담이 올라와 있다. 이 글은 정명석이 참전했을 때, 함께했던 동료 군인의 증언이라는 점에서 중요한 가치가 있다. 그래서, 이 글의 대부분을 인용처리 한다.

　　정원도 씨는 이 글에서 "정명석 선생을 처음 만난 것은 1966

년 베트남전에서였다. 겪어보지 못한 사람은 상상할 수조차 없는 생명의 절실함으로 가득한 전쟁터. 오직 살아서 고국으로 돌아가고 싶다는 열망만으로 하루하루를 버텼던 그곳에서 정명석 선생을 만났다. 나는 소대본부에서 무전병을 맡고 있었는데 선생은 자원하여 2차 파월로 전쟁터에 온 것이었다. 당시 우리는 20대 초반의 청년이었다. 틈만 나면 주머니 속 성경책을 읽었다."고 추억을 되살리면서 "우리는 자연스럽게 친구가 되었는데, 정명석 선생도 나도 항상 성경을 비닐에 싸서 주머니에 넣고 다녔다. 나는 어디선가 전쟁터에서 성경책을 가슴에 품고 다니다 총알이 성경에 박혀서 기적적으로 살았다는 이야기를 들은 적이 있었다. 이런 연유로 성경을 읽지 않더라도 가지고 다니면 죽을 위기에서 살 수도 있으리라는 믿음으로 항상 성경을 챙겼다. 정명석 선생도 늘 성경을 가지고 다녔는데 나와는 달랐다. 언제 죽을지도 모르는 전쟁터에서도 틈만 나면 주머니 속의 성경책을 꺼내 읽었다"고 소개했다.

이어 "월남에서 만난 정명석 선생은 선하고 우직한 성품으로 자기 일에 최선을 다하는 사람이었다. 2차 파월됐을 때 소대본부에서 전령을 구한 적이 있다. 전령이란 소대장의 식사를 챙겨주고, 양말도 빨아주며, 옷도 빨아서 다려주는 그야말로 허드렛일을 하는 사람으로 대부분 신병들이 이 일을 맡는다. 그러나 소대장이 월남 경험이 많은 사람이 옆에 있으면 좋겠다고 하여 정명석 선생에게 전령 역할을 요청했다. 그 당시에 선생은 고참 병장이었다. 다른 사람 같으면 절대 하지 않을 일인데 정 선생은 흔쾌히 '네, 하겠습니다'라고 했다. 그 이후 정명석 선생은 소대장 짐까지 남들보다 두 배는 무겁게 배낭을 짊어지고 다녔다. 물통도 다른 사람은 4통을 갖고 다니면 12통을 갖고 다녔다. 신참도 아닌 고참 병장이. 자기의 할 일도 너무나 충실히 했다. 요즘 사람들이 보면 이해가 안 갈 정도일 것"이라고 회고하고 "당시에도 정명석 선생은 글을 잘 썼고 글쓰기를 무척 좋아했다. 나에게 써준 글 중에서 아직도 외우고 있는 문구가 있다. 두 개의 화살표를 그린 그림으로 '출발을 잘하라. 출발할 때는 각기 표가 잘 안 난다. 그러나 갈수록 성공과 실패는 엄청난 차이가 난다. 처음에 방향을 잘 잡아야 성공한다'라는 잠언 같은 글이었다"고 전했다.

전우였던 정원도 씨는 이 글을 통해 정명석 선생과 월남 생활을 가장 오래한 박정배라는 전우가 했던 이야기가 있다. "전쟁터에서 가장 귀하게 여기는 것은 바로 물이다. 주위에 물이 많다가도 한 번씩 작전을 나가 며칠 동안 산에서 지내게 되면 물이 바닥이 나게 된다. 태양은 뜨겁고 짊어진 짐은 많고 땀은 계속 흘러내리고 목은 바짝 마른다. 그럴 때는 정말 물이 생명줄과 같다. 작전하다가 물이 없어 다른 전우에게 달라고 하면 '내 피를 달라고 해라'할 정도로 잘 안 준다. 정명석 선생은 '물을 나눠주는 사람'이었다고 했다. 누가 달라고 하면 선뜻 물을 나눠 주었고 심지어는 전쟁터에서 기도를 해도 자기 기도뿐만 아니라 적군을 위한 기도까지 해주었다고 한다"라고, 참전 당시의 일화를 소개하고 "한번은 내가 왜 적들을 위해 기도하느냐"고 물으니 "적들도 우리처럼 집의 부모 형제들이 애타게 살아서 돌아오길 기다리고 있다. 부름 받은 국가가 서로 다를 뿐"이라고 말했다. "같은 하나님을 믿는데 정말 나 자신이 부끄러워지는 순간이었다. 그 당시에도 정명석 선생의 생명에 대한 심성은 진실되고 남달랐다. 전쟁터에서는 적들은 죽여야 할 대상이라지만 정 선생은 포로 한 명 죽인 적이 없다. 오히려 자기에게 총을 겨눈 적을 끌어안기까지 했다. 그렇게 끌어안은 적을 소대로 데려와서 죽이지 말아달라고 부탁했지만, 소대장이 차고 때리며 클레모아를 터뜨려 버렸다. 죽이지 말아 달라고 간곡히 사정했는데도 결국 포로를 죽인 것을 알고 정명석 선생은 안타까워하며 사흘이 넘도록 울었다"고 증언했다.

정원도 씨는 "나는 왜 정명석 선생이 한 번도 아닌 두 번이나 월남전에 참전을 하게 됐는지를 안다. 선생이 있을 때는 그러지 않았는데 1차 귀국한 뒤에 부대 사람들이 전쟁터에서 엄청나게 많이 죽었다. 그리고 정명석 선생이 2차로 다시 월남전에 참전하면서 귀국할 때까지 6개월 동안은 단 한 사람도 죽지 않았다. 나는 그것을 정확히 기억하고 있다. 정말 놀라운 일이었다. 훗날 나는 이런 일이 일어난 것은 정명석 선생이 하나님이 함께하는 사람이라는 것을 확실히 보여주기 위해 그런 것임을 깨닫게 되었다."고 간증했다.

참전용사들을 대통령은 못 시킬망정…

미국 41대 조지 허버트 워커(H.W.) 부시 전 대통령은 2차 대전에 참전한 군인출신이었다. 미 항공모함 뇌격기 조종사였다. 그의 나이는 18세, 미 해군 최연소 전투기 조종사였다. 조지 허버트 워커(H.W.) 부시 전 대통령은 1944년 태평양에서 자신이 조종하던 비행기가 일본 방공포에 맞아 격추되자 낙하산으로 탈출, 가까스로 살아난 사람이다. 그는 2차 대전 영웅이 됐다. 조지 허버트 워커(H.W.) 부시 전 대통령은 2차 대전에 참전한 대통령이었다. 조지 허버트 워커(H.W.) 부시 전 대통령처럼, 정명석 목사는 한국군의 월남전 참전 용사였다. 사지(死地)에서 죽음을 딛고 돌아왔다. 그는 영웅이었다. 그에게 씌우려는 불의의 올가미-덫(트랩-trap)을 벗겨줘야 한다. 미국처럼, 참전 용사들을 대통령은 못 시킬망정 감옥이 웬말일까?

기독교복음선교회(JMS)-정명석 목사는
글로벌 자유체제의 안정세력

-기독교복음선교회(JMS)-정명석 목사는 어떤 세력인가? 이런 질문을 하는 것은, 사회적인 비판-탄압의 증세로 봐서 "반체제 세력인가?"라고, 의심할 수 있어서이다.

기독교복음선교회(JMS)-정명석 목사의 교지를 보면, 현대 한국사회의 지배이념인 미국 개신교단의 사랑-평화정신을 기본이념으로 하고 있다. 정명석 목사의 출신지는 대한민국 충청도이다. 충청도는 중도의 본거지이다. 중도지역에서 나고 자랐다. 정명석 목사는 군 복무 시절, 두 번이나 파월됐다가 살아온 애국 군인 출신이다. 살아오면서 반체제 시위에 나선 적도 없다.

위의 내용으로 봐서, 정명석 목사는 반체제 인물이 결코 아니다. 그는 예수와 기독교 성경을 신봉하는 독실한 크리스천이다. 예수의 정신인 '사랑'을 온 세상에 확산시키려 안달인 '사랑주의자'이다. 월남전에 참전, 평화의 존귀함을 몸으로 체험한 '평화주의자'이다. 건물로서의 교회가 아닌, 자연교회 운동을 해온 '자연주의자'이다. 또한 글로벌 자유 체제를 옹호하려는 안정세력이다.

그런데, 왜 기독교복음선교회(JMS)-정명석 목사가 도전을 받고 있는 것일까? 그 이유가 과연 무얼까? 믿고 천당 가려는 기득권 종교세력들의 치열하고도 치밀한 견제를 받았을 수 있다. 사자신충. 사자는 몸속의 벌레 때문에 몰락한다. 기독교복음선교회(JMS)-정명석 목사는 내부-이탈세력들이 놓은 덫(트랩=trap)에 걸렸을 수도 있다.

보이지 않는 세력이 놓은 '덫'이라는 실체가 엄연하게 존재한다.

'맨해튼 프로젝트'는 원자탄을 만든 실체였다. 1945년 8월, 일본에 투하됐던 원자폭탄이 미국에 전쟁의 승리를 안겼다. 그 이후, '맨해튼 프로젝트'에 간여했던 과학자들은 미국 정보기관의 감시-탄압의 대상이 됐다. 오펜하이머 등이 이에 속했다. 인도의 명상을 미국에 전파했던 라즈니쉬도 감시-탄압의 대상이었다. 코미디언 찰리 채플린도 공산주의 동조세력으로 몰려 미국에서 추방됐다.

기독교복음선교회(JMS)-정명석 목사는 과연 그 어떤 덫에 걸렸을까? 기독교복음선교회(JMS)와 정명석 목사는 스스로가 그 덫의 실체를 규명하고, 그 덫으로부터 탈출해야만 한다.

김대중 전 대통령은 대한민국에 민주주의를 정착시킨 정치가였다. 그는 "행동하는 양심"을 주창했다. 기독교복음선교회(JMS)-정명석 목사는 자신들을 에워싼 덫의 해체를 위해 행동하라! 모두가 합심해서 행동하시라!

moonilsuk@naver.com

르포작가 문일석 'JMS 정명석 사건' 추적기(追跡記)

나는 정명석을 만나러 간다

재판발행 | 2023년 10월 5일

지은이 | 문일석
펴낸이 | 서영애
펴낸곳 | 대양미디어

04559 서울시 중구 퇴계로45길 22-6(일호빌딩) 602호
전화 | (02)2276-0078
팩스 | (02)2267-7888

ISBN 979-11-6072-117-1 03810

값 15,000원